Karin Wagner

Der Postenritt

KeRLE
bei Herder

Freiburg · Wien · Basel

Die Schreibweise entspricht der neuen Rechtschreibung

Gedruckt auf umweltfreundlichem,
chlorfrei gebleichtem Papier

Umschlag- und Innenillustrationen: Monika Broeske

Satz: Barbara Herrmann, Freiburg
Druck und Einband: Freiburger Graphische Betriebe
ISBN 3-451-70398-X

Sofies Ankunft

Jessica und Conny hören unten auf dem Hof das Brummen eines Automotors. Neugierig öffnen sie ihr Zimmerfenster und lehnen sich hinaus. Sie sind gespannt, ob wieder ein paar neue Mädchen ankommen, die wie sie auf dem Ponyhof Wiesental die Herbstferien verbringen möchten.

Ein alter Jeep rollt schwerfällig auf die Eingangstür des Wohnhauses zu. Das Motorengeräusch erstirbt. Ein kleiner grauhaariger Mann in ausgebeulten Hosen und schwarzen Gummistiefeln steigt aus, öffnet die Tür zum Rücksitz und schlurft zum Kofferraum. Es ist Fritz, der mürrische Stallgehilfe, dem die meisten Mädchen auf dem Ponyhof am liebsten so weit wie möglich aus dem Weg gehen.

Zwei Mädchen klettern aus dem Jeep. Sie scheinen froh darüber zu sein, die Fahrt mit dem unfreundlichen alten Mann endlich hinter sich zu haben. Unsicher schauen sie sich um.

„Was schätzt du, wie alt die sind?", fragt Conny Jessica.

Jessica wiegt nachdenklich den Kopf. „Hm. Wahrscheinlich so alt wie wir, elf oder zwölf vielleicht."

„Die waren bestimmt noch nie hier“, sagt Conny. „Die Armen! Sie machen einen ganz verängstigten Eindruck. Es muss aber auch furchtbar sein, von Fritz vom Bahnhof abgeholt zu werden.“

„Das ist es auch“, stimmt Jessica zu. „Das weiß ich aus eigener Erfahrung.“

Inzwischen wuchtet Fritz zwei prall gefüllte Reisetaschen und zwei Rucksäcke aus dem Kofferraum und stellt sie ziemlich unsanft auf den Boden. Dann deutet er zur Haustür und schlurft davon, ohne sich weiter um die Mädchen zu kümmern.

Zum Glück hat Ute Winterhalter, die Ponyhofmutter, die Ankunft der beiden bemerkt und eilt hinaus, um sie herzlich zu begrüßen.

„Macht endlich das Fenster zu“, mault jemand hinter Conny und Jessica. Es ist Alex, die faul auf einem unteren Schlafplatz der beiden Stockbetten liegt und Musik hört. „Nun macht schon. Es wird kalt hier drin.“

Conny dreht sich zu ihr um. „Draußen ist es doch gar nicht kalt. Die Sonne scheint und es sind bestimmt fünfzehn Grad.“

Alex nimmt die winzigen Hörer ihres Discman aus den Ohren und sagt: „Eben! Es ist eisig.“

Conny macht große Augen. „Du findest fünfzehn Grad eisig?“

„Yep! Ich bin schon der reinste Eisklotz!“

Conny beginnt zu grinsen. „Na gut, wenn du meinst … Aber dann verhalte dich wenigstens auch wie ein Eisklotz.“

„Wie meinst du das?“

„Rühr dich nicht und halt die Klappe.“

„Du rothaarige, sommersprossige, grünäugige Hexe! Sei bloß froh, dass ich den Fuß verstaucht habe, sonst könntest du jetzt was erleben!“

Conny hat tatsächlich rötliche Haare, grüne Augen und Sommersprossen, aber mit einer Hexe hat sie trotzdem nicht die geringste Ähnlichkeit. Sie hat ein liebes Gesicht, ist zurückhaltend und vorsichtig. Zwar liefert sie sich mit der temperamentvollen Alex mit Vorliebe heiße Wortgefechte, aber das ist für beide nur ein lustiges Spiel.

„Ph!“, sagt Conny jetzt und sieht Alex herausfordernd an. „Vor jemandem, der gleich am zweiten Ferientag so trottelig vom Pferd fliegt, dass er sich dabei den Fuß verstaucht, hab ich doch keine Angst, du schwarzhaarige kleine Giftkröte.“

Alex, die für ihre elfeinhalb Jahre wirklich nicht besonders groß ist, wirft Conny einen verächtlichen Blick zu, dann schaut sie Jessica an und säuselt: „Liebste Jessica, würdest du mich bitte vor einem grausamen Schnupfentod retten und das Fenster zumachen?“

Jessica muss lachen. „Na gut“, sagt sie, „wenn du mich so lieb darum bittest ...“

Schon liegt ihre Hand auf dem Fenstergriff, als sie einen silberfarbenen Sportwagen bemerkt, der in einem schnittigen Tempo auf den Hof gefahren kommt. Anstatt das Fenster zu schließen, stützt sich Jessica mit überkreuzten Armen aufs Fensterbrett und schaut hinaus. Während Alex hinter ihr schimpft, beobachtet sie den Wagen, der fast genau unter dem Zimmer der Mädchen zum Stehen kommt.

„Mensch, ist das ein toller Schlitten“, sagt sie.

„Stimmt“, sagt Conny, die sich nun ebenfalls wieder aus dem Fenster lehnt. „Und schau dir mal die elegante Fahrerin an! Die sieht klasse aus! Wie ein Fotomodell. Ich möchte nicht wissen, was die Klamotten gekostet haben. Und wie viele Ketten die um den Hals hängen hat! Die würden ja zum Schmücken eines ganzen Weihnachtsbaumes ausreichen.“

Jessica lächelt. Conny übertreibt maßlos, aber das tut sie bestimmt nur, um Alex neugierig zu machen.

Tatsächlich hält es Alex nun nicht länger im Bett aus. Sie steht auf und hüpft auf ihrem gesunden Bein zum Fenster.

„Los, geht doch mal zur Seite, ich kann gar nichts sehen", beschwert sie sich und streckt ihren Hals, um ebenfalls einen Blick auf die Frau werfen zu können.

In diesem Moment öffnet sich die Beifahrertür und ein blondes, schlankes Mädchen steigt aus. Es schaut zuerst zum Stall hinüber, dann zum Eingang des Wohnhauses, dann hebt es den Kopf und sieht nach oben.

„O nein!", entfährt es den drei Freundinnen fast gleichzeitig. An dieses Gesicht erinnern sie sich von den letzten Sommerferien her leider nur allzu gut.

„Hallo, Sofie!", ruft Alex hinunter. Ihre Stimme klingt alles andere als freundlich. „Pass bloß auf, dass du vom Hochglotzen keine Genickstarre bekommst. Und mach den Mund zu, es zieht!"

Nun schaut auch Sofies Mutter herauf. „Das ist ja unerhört", zetert sie. „Ich werde mich über dich beschweren. Wie heißt du?"

„Magda Maier-Pomeranze!", ruft Alex ohne lang zu überlegen. Dann hüpft sie einen Schritt zurück und sagt: „Los, macht jetzt endlich das Fenster zu. Draußen ist dicke Luft."

„Das mit der Magda Maier-Pomeranze hättest du dir sparen können", sagt Conny. „Sofie wird ihrer Mutter schon verklickern, wie du richtig heißt."

„Ist mir doch egal", brummt Alex und lässt sich stöhnend auf ihr Bett fallen. „Wie war das eben, Conny? Toller Schlitten? Elegante Dame?"

„Na ja, wenn man es recht bedenkt, ist die Karre bloß ein protziger, umweltschädlicher Benzinfresser. Und der

Fummel dieser magersüchtigen Tante ist auch nicht gerade in."

Alex grinst. „Da sind wir uns ja ausnahmsweise mal einig."

Sofies Ankunft sorgt für einigen Wirbel. Nicht nur, weil ihre Mutter sich so lautstark über Alex beschwert, dass die Mädchen im ersten Stock durch die geschlossene Tür hindurch alles mitbekommen, sondern auch, weil Sofie das Pflegepony ablehnt, das ihr zugeteilt wird.

„Bonnie ist doch dieser alte Freiberger, oder? Den will ich nicht", sagt sie entschieden.

Ute Winterhalter, die Ponyhofmutter, gibt nach. „Na gut, dann nimmst du eben Norris."

„Den dicken faulen Norweger? Den will ich erst recht nicht. Ich will Amica."

Jessica hält den Atem an. Die sanfte, zierliche Amica mit dem weichen, hellen Fell und der langen weißen Mähne ist das Pony, das sie am meisten liebt und das Ute ihr schon gestern für die Dauer der Herbstferien zum Pflegen und Reiten überlassen hat.

„Amica kannst du leider nicht haben, die habe ich bereits gestern Jessica zugeteilt", hört sie Ute sagen.

Jessica wirft ihren Freundinnen einen nervösen Blick zu. Hoffentlich lässt sich Ute von Sofie oder deren Mutter nicht dazu herumkriegen, ihr ein anderes Pony zu geben. Doch Ute bleibt hart. Jessica darf Amica behalten, Sofie bekommt Bonnie und dabei bleibt es.

Wenige Minuten später klopft es an die Tür. Draußen steht ein etwas pummeliges, elfjähriges Mädchen mit einem dunkelblonden Pferdeschwanz und riesigen blauen Augen, die von einer Brille umrahmt werden. Es ist Maike, die genau wie Jessica am Tag zuvor angekommen ist und sich bereits mit den Mädchen angefreundet hat.

„Was ist denn mit dir los?“, fragt Jessica. „Warum machst du denn so ein griesgrämiges Gesicht?“

„Diese eingebildete, blöde Kuh!“, schimpft Maike los. „Hat einfach meine Sachen aus dem Schrank geschmissen, weil der angeblich ihrer sei.“

„Lass mich raten“, sagt Alex. „Heißt diese Kuh vielleicht Sofie?“

„Keine Ahnung. Sie hat sich nicht vorgestellt. Auf jeden Fall schimpft sie die ganze Zeit herum, weil sie Amica nicht reiten darf.“

„Du Ärmste“, sagt Conny mitleidig. „Dass Sofie aber auch ausgerechnet zu dir ins Zimmer kommen musste … Weißt du was, wir fragen Ute, ob du bei uns schlafen darfst. Das Bett über Alex ist nämlich noch frei.“ Sie schaut zu Jessica und Alex hinüber und hebt fragend die Augenbrauen. „Oder habt ihr was dagegen?“

Die beiden schütteln den Kopf.

„Ich muss dich aber warnen“, fährt Conny fort. „Alex schnarcht so laut, dass die Wände wackeln.“

„Gar nicht wahr“, verteidigt sich Alex.

„Wohl wahr. Siehst du den Riss in der Mauer über ihrem Bett, Maike? Der war gestern Abend noch nicht da.“

Maikes Miene hat sich inzwischen sichtlich aufgehellt und nun muss sie sogar lachen.

„Es wäre toll, wenn ich bei euch schlafen könnte. Kommt, lasst uns gleich Ute fragen.“

„Ich warte hier solange“, sagt Alex. „Ihr wisst ja, mein Fuß …“

„Es ist wirklich zu dumm, dass du ihn dir gestern verstaucht hast“, sagt Maike mitfühlend, „und auch noch gleich am Anfang der Ferien. Hoffentlich kannst du bald wieder reiten."

„Wieso sollte ich nicht reiten können? Da muss ich ja schließlich nur sitzen und nicht laufen", sagt Alex und grinst.

Jessica, Conny und Maike machen sich auf die Suche nach Ute. Sie finden sie vor dem Stalltor, an dem sie gerade ein großes Plakat anbringt. Neben ihr sitzt der Mischlingshund Pepsy, den die Winterhalters erst gestern vom Tierheim mitgebracht haben. Er ist immer noch sehr scheu, aber er lässt sich mittlerweile streicheln, wenn man nicht zu schnell auf ihn zugeht und ihn dadurch erschreckt.

Maike geht in die Hocke, streckt eine Hand aus und redet sanft auf Pepsy ein. Auf diese Weise gelingt es ihr, den Hund ein Stück zu sich heranzulocken. Dann krault sie ihm zärtlich das weiche Fell.

Jessica räuspert sich. „Du, Ute", fängt sie an und räuspert sich nochmal. Es ist ihr immer ein bisschen unangenehm, Ute um etwas zu bitten. Dabei ist Ute doch so nett. Manchmal auch streng, das schon, vor allem, wenn man etwas ausgefressen hat. Aber ansonsten ist sie wirklich lieb.

„Moment", sagt Ute, während sie einen Reißnagel aus einer Schachtel nimmt, „ich muss nur noch diese Ecke da ... so." Sie dreht sich zu den Mädchen um. „Na, was gibt's?"

„Äh, Maike würde gerne zu uns ins Zimmer ziehen", sagt Jessica. „Darf sie? Bitte, sag ja."

Ute zuckt mit den Schultern. „Ich habe nichts dagegen ..."

Maike schnellt mit einem lauten „Juhu!" aus der Hocke in die Luft. Pepsy flüchtet erschrocken hinter Utes Beine.

Ute lächelt über Maikes Begeisterung und fährt fort: „... im Gegenteil, es freut mich, dass ihr euch so schnell angefreundet habt. Und nun lest mal das hier." Sie zeigt auf das Plakat, das sie soeben aufgehängt hat. „Wenn ihr Lust habt, könnt ihr mitmachen."

8. Hirschberger Postenritt

Wann?	25. Oktober, 9.00 Uhr
Wo?	Alte Ochsenscheune, Hirschberg
Wer?	Kinder und Jugendliche bis 18 Jahre aus Hirschberg und Umgebung
Streckenlänge?	12 km
Kosten:	30 DM

Es wird in Zweiergruppen geritten. Die Gruppen starten in Abständen von etwa 5 Minuten. Unterwegs müssen zehn Aufgaben gelöst werden. Die ersten drei Gruppen erhalten einen Pokal. Außerdem gibt es zahlreiche Sachpreise zu gewinnen.

Frühstück und Abendessen sind in der Startgebühr enthalten.

Wichtig: Es besteht Helmpflicht!

„Na, was meint ihr?", fragt Ute lächelnd. „Ich würde euch anmelden und die Startgebühr übernehmen, denn ich spare mir ja dann das Kochen."

„Was für Aufgaben sind denn das?", erkundigt sich Conny vorsichtig.

„Das darf ich euch natürlich nicht verraten", sagt Ute. „Höchstens soviel: Es sind Rätsel, Geschicklichkeitsspiele und Gehorsamsübungen dabei, wie zum Beispiel über eine Reihe bunter Luftballons reiten, sich gegenseitig so oft wie möglich einen Ball zuwerfen, möglichst schnell durch eine Art Irrgarten aus Bodenstangen reiten und so weiter."

„Au ja, das hört sich lustig an", sagt Maike und klatscht vor Begeisterung in die Hände. „Da würde ich gerne mitreiten. Und ihr?"

Conny schaut Jessica an, als wolle sie ihr die Entscheidung überlassen. Jessica streicht sich nachdenklich eine Strähne ihrer langen braunen Locken aus dem Gesicht, dann sagt sie: „Ich würde schon gern mitmachen, aber ich finde, wir sollten erst mal mit Alex darüber reden. Es wäre bestimmt schrecklich für sie, wenn wir alle teilnehmen würden und sie wegen ihres verstauchten Fußes nicht dabei sein könnte."

Reitschuhe für Alex

Als die drei Mädchen von dem Postenritt erzählen, ist Alex sofort Feuer und Flamme. „Da mach ich mit, das ist doch klar!"

„Aber mit deinem geschwollenen Fuß passt du in keinen Reitstiefel", gibt Jessica zu bedenken.

„Dann reite ich eben in Jeans und Turnschuhen."

„Ute erlaubt das aber nicht, das weißt du genau", sagt Jessica.

Alex seufzt. „Stimmt ja. Aber wieso eigentlich nicht?"

„Weil Turnschuhe keine Absätze haben. Und ohne Absatz kann dein Fuß zu weit in den Steigbügel rutschen. Stell dir vor, du fällst vom Pferd und steckst im Bügel fest. Du würdest hinterhergeschleift werden und unter die Hufe geraten …"

Maike und Conny verziehen bei dieser Vorstellung das Gesicht, doch Alex sagt ungerührt: „Kein Problem. Dann reite ich eben ohne Bügel. Wir haben ja noch sechs Tage Zeit zum Üben. Am besten fangen wir gleich damit an."

Als die Mädchen den Stall betreten, müssen sie an Fritz vorbei, der gerade eine Pferdetränke repariert.

„Wollt ihr reiten?“, fragt er mürrisch.

Als die Mädchen dies bejahen, grunzt er: „Aber nicht auf Tinker Bell und Crispin.“

Die Mädchen schauen Fritz bestürzt an. Tinker Bell und Crispin sind Connys und Alex' Pflegeponys. Bei dem abenteuerlichen Ausritt am Vortag hat sich Tinker Bell an ein paar Ästen die Hinterbeine aufgeschürft und Crispin hat eine blutige Schramme am Maul davongetragen. Trotzdem haben die Mädchen nicht damit gerechnet, dass sie die beiden Ponys deshalb nicht mehr reiten dürfen.

„Ihr könnt Norris und Schneeflocke nehmen“, fährt Fritz mit düsterer Miene fort, „die sind noch übrig, glaub ich.“

Die Mädchen wollen sich auf keinen Fall mit Fritz anlegen, deshalb stimmen sie zu, obwohl sie nicht sonderlich begeistert sind. Norris ist eigentlich ein liebes und hübsches Fjordpferd mit sandfarbenem Fell und dichter, schwarzweißer Mähne, aber er ist langsam und faul. Und Schneeflocke, ein Schimmel mit rosafarbener Nase und grauen Flecken im Fell, beißt, wenn man nicht aufpasst.

„Wie geht es denn deinem Fuß?“, wendet sich Fritz plötzlich an Alex.

„Der Knöchel ist blau wie ein Veilchen und dick wie ein Fußball“, rutscht es Alex heraus. Als Fritz zweifelnd die Augenbrauen zusammenzieht, verbessert sie sich schnell: „Ich meine, ganz so dick wie ein Fußball ist er natürlich nicht, äh, aber total geschwollen schon, äh, ...“

Fritz beginnt kaum merklich zu schmunzeln. Dann sagt er: „Kommst du denn mit deinem Fußballknöchel überhaupt in einen Reitstiefel hinein? Mit den Tretern da“, er deutet auf Alex' Turnschuhe, „darfst du nämlich nicht reiten, weil ...“

„Ich weiß", unterbricht ihn Alex. „Aber ich will unbedingt beim Postenritt mitmachen, deshalb will ich versuchen ohne Bügel zu reiten."

„Ohne Bügel? Beim Postenritt? Im Gelände?" Fritz sieht Alex an, als habe sie ihm soeben mitgeteilt, dass sie auf Münchhausens Kanonenkugel mitzureiten gedenke.

„Wieso denn nicht? Ich habe Wildwestfilme gesehen, da konnten die Indianer …", fängt Maike an, doch als Fritz ihr einen ‚Halt-den-Mund-Blick' zuwirft, verstummt sie sofort.

Fritz' kleine, wasserhelle Augen richten sich auf Alex' Füße.

„Vielleicht hat Ute 'n Paar passende Schnürstiefel für dich. Wanderschuhe oder so was. Hauptsache was mit Absatz."

Alex hat Glück. Ute hat tatsächlich ein Paar ausgetretene, superweiche Wanderschuhe, in die Alex mit ihrem dick geschwollenen Fuß zähneknirschend hineinkommt. Sie sind ihr zwar zwei Nummern zu groß, aber durch die Schnürung sitzen sie trotzdem ganz gut. Außerdem gibt ihr Ute zwei viereckige Lederstücke mit Klettverschlüssen dran. Sie heißen „Chapletten" und ähneln den Gamaschen, die die Ponys manchmal zum Schutz vor Verletzungen an die Beine geschnallt bekommen. Ute zeigt Alex, wie man sie über der Hose an den Unterschenkeln befestigt.

„Jetzt siehst du aus wie Lederstrumpf", sagt Maike begeistert. „Das ist der Held aus einer berühmten Indianerbuchreihe."

Alex verdreht die Augen. „Du mit deinen Indianern", sagt sie. „Fang jetzt bloß nicht an, davon zu erzählen."

„Wieso denn nicht? Es sind spannende Geschichten. ‚Der Pfadfinder' zum Beispiel, oder ‚Die Prärie' …"

Alex zieht die Chapletten hastig wieder aus und hält sie Ute hin. „Ich glaube, ich ziehe die lieber doch nicht an", sagt sie mit einem bedeutungsvollen Blick auf Maike.

„O doch, das tust du", sagt Ute streng. „Du hast dann einen besseren Halt im Sattel. Leder auf Leder rutscht nicht so wie Stoff auf Leder."

Alex seufzt. Dann hebt sie die Chapletten an den Kopf und presst sie fest gegen die Ohren.

Die ganze Woche über ist der Postenritt Thema Nummer 1 auf dem Ponyhof. Außer Jessica, Conny, Alex und Maike wollen noch sieben andere Mädchen mitmachen, darunter auch Sofie. Sofie findet zu Alex' Genugtuung jedoch niemanden, der mit ihr zusammen reiten will. Da nur Zweiergruppen starten dürfen, ist Sofies Teilnahme deshalb mehr als fraglich. Trotzdem übt sie mit den anderen Mädchen zusammen das Springen über Luftballons, das Ballspielen zu Pferde und das Reiten um Stangen. Als Fritz erwähnt, dass man bei früheren Postenritten mal zu Pferd einen Regenschirm aufspannen oder einen gelben Wachsmantel anziehen musste, üben sie auch das.

Alex macht ihr verletzter Fuß beim Reiten mehr zu schaffen, als sie gedacht hat. Er tut ihr weh, wenn sie die Fußspitze nach innen dreht, die Ferse nach unten drückt oder den Fuß belastet. Deshalb nimmt sie vorerst weder am Reitunterricht noch an Ausritten teil, sondern reitet am liebsten mit übergeschlagenen Steigbügeln und baumelnden Beinen alleine oder mit ihren Freundinnen in der Halle herum.

Als sie ein paar Tage später verkündet, dass es ihrem Fuß wieder besser gehe und dass sie mal wieder bei einem Ausritt mitmachen wolle, sagt Jessica: „Gib zu, dass du nur deshalb mitwillst, weil Michael uns begleitet."

– Michael ist Utes achtzehnjähriger Sohn, der wegen seiner fröhlichen, lockeren Art bei den Mädchen sehr beliebt ist. Er hat die gleichen blonden Haare und blauen Augen wie Ute. Er ist groß, genau wie Horst, sein Vater. Und wie sein Vater hat er beim Lachen lustige Grübchen auf den Wangen. –

„Ja. Die Ausritte mit Michael machen immer am meisten Spaß", sagt Alex. „Er macht immer so coole Wettrennen mit uns."

Jessica schaut Alex zweifelnd an. „Du bist scharf auf Wettrennen? Mit deinem Fuß? Auf Norris?"

„Mein Fuß wäre kein Problem", sagt Alex und macht ein nachdenkliches Gesicht. „Aber mit Norris hast du natürlich Recht. Gegen den ist 'ne Dampfwalze ein Rennauto."

Die Mädchen versammeln sich mit ihren sauber geputzten und sorgfältig gesattelten Ponys im Hof. Jessica hilft Alex auf Norris' Rücken, bevor sie selbst aufsteigt. Sie hört Conny mit Schneeflocke schimpfen: „Wenn du nochmal versuchst, mir in den Hosenboden zu zwicken, beiß ich dir auch in den Hintern. Ist das klar?"

Maike braucht drei Versuche, bis sie endlich in den Sattel kommt. Sie ist zu Hause immer nur auf kleinen Shetlandponys geritten. Ihr Pflegepony Gringo dagegen ist ein großes, schwarzweiß geschecktes Tinkerpony. Es erinnert mit seinem leicht ramsnasigen Kopf und dem langen Behang an den Fesseln ein bisschen an ein Kaltblutpferd. In seiner schwarzen Mähne ist eine lustige weiße Strähne, was Maike ganz besonders gut gefällt.

Es wird ein herrlicher Ritt durch Wiesen und Felder, und zum Schluss machen sie tatsächlich ein kleines Rennen. Alex wird mit Abstand die Letzte, was sie gewaltig fuchst. Ihr einziger Trost besteht darin, dass Maike auf ihrem Gringo auch nicht viel schneller war.

Am Tag vor dem Postenritt haben die Mädchen viel zu tun. Sie reinigen, wachsen und polieren die Sättel und Zaumzeuge und überprüfen sie auf schadhafte Stellen. Sie waschen die Schweife ihrer Pflegeponys und flechten Zöpfchen in die Mähnen. Sie schauen ängstlich zu, als Fritz die Beine und Hufe der Ponys untersucht, und atmen erleichtert auf, als alles in Ordnung ist.

Am Abend bekommen die meisten Mädchen kaum einen Bissen herunter, so aufgeregt sind sie. Nur die vier Mädchen, die nicht am Postenritt teilnehmen, und Alex, der scheinbar nichts und niemand den Appetit verderben kann, lassen es sich schmecken.

An Schlaf ist natürlich auch kaum zu denken. Obwohl Jessica, Alex, Conny und Maike bis weit nach Mitternacht Karten spielen, werden sie nicht müde. Und als sie dann in den Betten liegen, scheint es eine halbe Ewigkeit zu dauern, bis sie endlich einschlafen können.

Vor dem Start

Es ist noch dunkel, als die Mädchen am frühen Morgen in den Stall gehen, um ihre Ponys fertig zu machen. Alex hat noch ganz kleine Augen und gähnt fast ununterbrochen.

Conny, die auch noch nicht besonders munter aussieht, sagt: „Ich habe heute Nacht kaum geschlafen. Und wenn ich mal eingenickt bin, habe ich Alpträume gehabt."

„Alpträume? Dann hast du bestimmt von Alex geträumt", sagt Maike.

„Nein, so schlimm war's auch wieder nicht", sagt Conny und beginnt zu lachen.

„Maike, das war gemein", sagt Alex. „Von Conny bin ich solche Sticheleien ja gewöhnt, aber von dir? Ich dachte, wir sind ein Team! Du wolltest doch beim Postenritt mit mir zusammen reiten, oder?"

„Klar, das machen wir ja auch", sagt Maike.

Alex rümpft die Nase. „Das muss ich mir aber nochmal schwer überlegen. Jessica, wie sieht's aus? Willst du statt mit Conny nicht lieber mit mir reiten? Wir beide … Nanu, wen haben wir denn da?" Alex' Stimme wird auf einmal zuckersüß. „Auch dir einen wunderschönen guten Morgen, Sofie! Hast du auch so herrlich geschlafen? Deinem Gesicht nach zu schließen schon: Es sieht ja total zerknittert aus!“

Sofie streckt Alex im Vorbeigehen die Zunge raus.

„Was machst du eigentlich überhaupt im Stall?“, ruft ihr Alex hinterher. „Hast du etwa tatsächlich jemanden gefunden, der dumm genug ist, mit dir zusammen zu reiten?“

Sofie macht auf dem Absatz kehrt, wirft mit einem eleganten Schwung ihre langen blonden Haare zurück, hebt das Kinn und sagt: „Ich reite mit Michael.“ Dann stolziert sie erhobenen Hauptes davon.

Alex' Mund klappt vor Überraschung auf.

„Leute, genießt die Ruhe, bevor Alex die Sprache wiederfindet“, sagt Conny grinsend.

„Habt ihr das gehört?“, stammelt Alex. „Die dumme Schnepfe behauptet, dass Michael mit ihr reitet. Glaubt ihr das? Geht das überhaupt?“

„Wieso denn nicht?“, sagt Conny. „Michael ist achtzehn, und bis achtzehn darf man mitmachen.“

„Aber … das ist doch unfair“, sagt Alex. „Michael reitet viel zu gut und kennt sich hier viel besser aus als wir.“

Jessica zuckt mit den Schultern. „Na und? Die Jugendlichen aus Hirschberg reiten vielleicht genauso gut und kennen sich bestimmt genauso gut aus.“

Die Mädchen sind inzwischen in der Sattelkammer angekommen. Sie wuchten die Kisten mit dem Putzzeug aus dem Regal und machen sich auf den Weg zu ihren Ponys.

„Ob wir überhaupt eine Chance auf den Sieg haben?“, überlegt Conny laut.

„Maike und ich schon, nicht wahr, Maike?“ Alex stößt Maike freundschaftlich mit dem Ellenbogen in die Seite. „Mit meiner Klugheit und deinen Fähigkeiten im Fährtenlesen kann ja gar nichts schief gehen.“

Conny kichert. „Dann such dir lieber 'ne andere Partnerin, Maike. Alex ist höchstens so klug wie ein Regenwurm."

„Und mir fällt überhaupt kein Tier ein, das so blöd ist wie du", gibt Alex zurück.

„Ha! Das ist der Beweis für deine Dummheit! Dir fällt nicht mal ein Tier ein!"

Jessica, die bei Amicas Box stehen geblieben ist, schaut ihren drei Freundinnen belustigt nach. Sie kann nun nicht mehr verstehen, was sie sagen, aber ihren Gesten und lauten Stimmen nach zu urteilen, ziehen sich Conny und Alex immer noch gegenseitig auf.

Lächelnd wendet sich Jessica Amica zu und ruft ihren Namen. Erst als die Stute zu ihr herschaut und die Ohren spitzt, öffnet sie die Boxentür und geht zu ihr hinein.

„Guten Morgen, Amica", sagt sie und streicht liebevoll über das besonders weiche Fell am Kopf der Stute. Amica schnuppert an Jessicas Händen herum und beginnt daran zu lecken. Jessica hält still, obwohl das Lecken furchtbar kitzelt.

Amica ist schnell geputzt und gesattelt, und so ist Jessica eine der Ersten, die ihre Ponys ins Freie führt.

Jessica fröstelt. Es ist ein kalter Morgen. Feuchter Nebel hängt in der Luft. Alles wirkt verschwommen und grau: der Hof, der Stall, die Ponys, die Mädchen.

Plötzlich taucht eine geisterhafte Gestalt aus dem Nebel auf, die mit einer vertrauten Stimme zu reden beginnt. Es ist Ute.

„Ich fahre jetzt los nach Hirschberg, um bei den Vorbereitungen zu helfen", sagt sie. „Ab acht Uhr gibt's Frühstück. Seht also zu, dass ihr bald losreitet, damit ihr noch was abbekommt. Wer es noch nicht getan hat, kann jetzt noch schnell seinen Rucksack in mein Auto packen. Also, bis später dann."

Jessica sieht Utes Gestalt im Nebel verschwinden. Kurze Zeit später schlägt eine Autotür zu, ein Motor beginnt zu brummen, rote Schlusslichter leuchten auf. Die Lichter entfernen sich langsam, werden schwächer und verschwinden schließlich ganz.

Als endlich alle elf Reiterinnen um Michael herum auf dem Hof versammelt sind, klappern Jessica vor Kälte die Zähne. Oder ist es nur die Aufregung? Jessica ist sich da nicht ganz sicher.

„So, Mädels, jetzt werden wir möglichst zackig nach Hirschberg reiten, bevor uns das ganze Frühstück weggefuttert wird", sagt Michael. „Jemand was dagegen?"

Natürlich hat niemand etwas dagegen. Die Mädchen lieben es, schnell zu reiten, und Hunger haben sie auch.

Inzwischen ist es heller geworden. Der Nebel ist nun milchig weiß und als die Sonne aufgeht, kommt es Jessica so vor, als würde er glühen. Nach und nach löst er sich auf, nur die Täler und Senken sehen noch so aus, als wären sie voller Watte.

Michael kennt ein paar Schleichwege und Abkürzungen, und wo es das Gelände zulässt, wird galoppiert. Sie reiten über Wiesen und Stoppelfelder, durch Hohlwege und an eingezäunten Gärten entlang, bis sie nach einer guten halben Stunde Hirschberg erreichen. Die Hufe der Ponys klappern laut auf dem Asphalt, als sie durch das Dorf reiten, in dem die meisten Menschen noch zu schlafen scheinen. Nur hin und wieder öffnet jemand ein Fenster und schaut neugierig zu den Reiterinnen hinaus.

Die alte Ochsenscheune ist ein schmuckes Fachwerkgebäude, dessen dunkelbraune Stützbalken ein hübsches Muster auf der ansonsten weißen Mauerfläche bilden. Auf dem großen Platz davor sind Autos mit Pferdeanhängern geparkt, aus denen dumpfes Klopfen und manchmal auch ein Schnauben oder Wiehern dringt. Andere Pferde und Ponys stehen im Freien und dösen. Als die Gruppe an zwei riesengroßen, pechschwarzen Friesen vorbeireitet, sagt Maike: „Komisch, aber irgendwie hab ich gedacht, dass nur Ponys und keine Pferde am Postenritt teilnehmen."

„Geht mir auch so", gibt Jessica zu.

Michael führt die Gruppe auf die Rückseite der Scheune. Dort können sie die Ponys mit Stallhalftern und Führstricken, die sie extra zu diesem Zweck mitgenommen haben, an einem Zaun anbinden.

„Ich passe auf die Ponys auf", sagt Michael. „Geht ruhig rein und schlagt euch den Bauch voll."

„Und du?", fragt ihn ein Mädchen.

„Ich habe schon gefrühstückt."

„Ich bleibe auch hier", sagt Sofie. „Ich habe keinen Hunger."

Jessica, Conny, Alex und Maike werfen sich viel sagende Blicke zu. Sie trotten nebeneinander her zum Eingang der Scheune. Die anderen Mädchen sind schon darin verschwunden, aber Alex kann wegen ihres verletzten Fußes nicht so schnell laufen.

Alex äfft Sofies Stimme nach: „Ich bleibe auch hier, ich habe keinen Hunger." Dann spricht sie in einem verächtlichen Tonfall weiter: „Jetzt macht sich diese hirnlose Pute doch tatsächlich an Michael ran. Hoffentlich kann sie ihn nicht um den Finger wickeln."

„Ist Sofie nicht noch ein bisschen zu jung für ihn?", fragt Conny. „Die ist doch sicher erst dreizehn oder vierzehn, allerhöchstens fünfzehn."

„Wenn sie fünfzehn ist, ist sie nicht zu jung", sagt Alex düster.

„Was ist denn bloß los mit dir?", fragt Maike. „Bist du etwa eifersüchtig?"

„Eifersüchtig? Quatsch. Ich doch nicht. Ich finde Jungs bescheuert. Na ja, Michael ist in Ordnung. Aber ich bin nicht in ihn verknallt, wenn du das meinst."

„Wieso regst du dich dann so auf?"

„Ich reg mich doch gar nicht auf. Ich kann es nur nicht leiden, wenn sich Sofie so offensichtlich bei ihm einschleimt."

Noch bevor sie das Tor erreicht haben, hören die vier Mädchen lebhafte Stimmen aus dem Inneren der Scheune. Neugierig treten sie ein und schauen sich um.

Die alte Ochsenscheune wurde irgendwann einmal zu einem kleinen Festsaal umgebaut; sie sieht von innen genauso hübsch aus wie von außen, mit dunkelbraunen Holzbalken und weiß gestrichenem Mauerwerk. Jessicas Blick fällt sofort auf die Bühne an der rückwärtigen Wand. Dort steht ein langer Tisch mit einem roten Tischtuch, auf dem sechs herrliche Pokale um die Wette glänzen. Um die Pokale herum liegen die anderen Preise. Am liebsten wäre Jessica sofort hingegangen, um sich die Sachen aus der Nähe anzuschauen, aber da sonst niemand auf der Bühne ist, traut sie sich nicht hinauf. Außerdem müssen sich die Mädchen jetzt erst mal einen freien Platz an einem der Tische im Saal suchen, die in langen Reihen dicht nebeneinander stehen. Dort sitzen nicht nur die Mädchen und Jungen, die am Postenritt teilnehmen, sondern auch jede Menge kleine Kinder und Erwachsene.

Die Tische bei der Bühne sind alle schon besetzt, aber hier, in der Nähe des Eingangs, gibt es noch genügend freie Plätze. Die Mädchen ziehen ihre Jacken aus, um vier Plätze zu belegen. Dann schauen sie sich nach dem Frühstücksbuffet um. Sie entdecken es an der Wand rechts neben der Bühne. Ute steht dort und verteilt Brötchen und Hörnchen. Sie trägt Jeans und einen hellblauen Pulli, mit einem Muster aus weißen Hirschen und Schneeflocken, der gut zu ihren blonden, nach hinten gesteckten Haaren passt. Als sie die Mädchen sieht, winkt sie ihnen fröhlich zu und deutet auf einen Stapel Tabletts auf der rechten Seite des Buffets. Die Mädchen nehmen sich eines und beladen es mit Saft, Kakao, Butter, Marmelade und Bananen.

„Das ging ja schnell", sagt Ute, als die vier bei ihr die Tabletts abstellen und sich duftende Brötchen nehmen.

„Wenn Alex sich nicht so viel auf den Teller geladen hätte, wäre es noch schneller gegangen", sagt Conny.

Ute lacht. „Ich habe eigentlich gemeint, dass ihr schnell hergeritten seid. Seid ihr schon aufgeregt?"

„Nein", sagt Alex, und „Ja", sagen die anderen drei.

Ute lacht wieder. „Lasst's euch schmecken", sagt sie. „Wenn alle fertig sind, erfahrt ihr, wie's weitergeht."

Jessica nimmt ihr Tablett auf, um zu ihrem Tisch zu gehen, als sie Alex mit leiser Stimme fragen hört: „Ute, weißt du eigentlich, wie alt Sofie ist?"

„Vierzehn. Warum?"

„Ach, nur so."

Der Nummerntausch

Ich kann nicht mehr", sagt Jessica und legt die leere Bananenschale auf den Teller. Kopfschüttelnd schaut sie Alex hinterher, die schon zum zweiten Mal aufgestanden ist, um sich nochmal was vom Buffet zu holen.

„Alex kann futtern, dass es einem schon vom Zuschauen schlecht wird", sagt sie.

Eine Männerstimme versucht das allgemeine Geschnatter und Gelächter im Raum zu übertönen. Jessica sieht sich nach der Stimme um und entdeckt auf der Bühne einen eleganten älteren Herrn in grauem Anzug. Neben ihm stehen Ute und eine weitere Frau. Die Frau hat kurze, rotbraune Haare und trägt Jeans, Cowboystiefel und ein weißes Flanellhemd. Sie hat einen roten Eimer in den Armen und schaut mit wichtiger Miene in die Runde.

Nach und nach wird es ruhiger, und langsam versteht Jessica halbwegs, was der Redner sagt: „ … zum Glück schönes Wetter … dreiundzwanzig Paare, das ist neuer Teilnehmerrekord … übergebe ich nun an Ute Winterhalter vom Ponyhof Wiesental … euch die Regeln erklären wird."

Auf einmal wird es still, denn die Regeln will niemand verpassen.

Ute lächelt. Nachdem sie alle Anwesenden begrüßt hat, sagt sie: „Die Zweiermannschaften starten im Abstand von 5 Minuten. Die Reihenfolge wird ausgelost. Beim Start erwartet euch Herr Lubitz." Sie deutet auf den Herrn neben sich. „Von ihm werdet ihr eine Landkarte erhalten, in die die Route eingetragen ist. Wie lange ihr für die Strecke braucht, ist nicht wichtig, aber natürlich solltet ihr möglichst noch vor Mitternacht zurück sein."

Vergnügtes Gelächter ertönt. Als es wieder still ist, fährt Ute fort: „Unterwegs bekommt ihr an verschiedenen Stellen, die wir Posten nennen, Aufgaben gestellt. Bei diesen Aufgaben kommt es auf eure Schnelligkeit, Geschicklichkeit oder Klugheit an. Und nun noch ein Tipp: Schaut euch die Karte gut an, bevor ihr losreitet. So, nun wünsche ich euch allen viel Erfolg und vor allem jede Menge Spaß."

Ein paar der Kinder und Jugendlichen klatschen höflich, aber die meisten stürzen nach vorn und drängen sich um die Frau mit den Cowboystiefeln, denn in ihrem Eimer befinden sich die Lose mit den Startnummern. Alex, die sich die ganze Rede vom Buffet aus angehört hat und somit in der Nähe der Bühne stand, ist eine der Ersten, die ein Los ergattert. Stolz kehrt sie zum Tisch zurück und öffnet die Faust. Auf ihrer Hand liegen zwei mehrfach zusammengefaltete Zettel, die sie Conny unter die Nase hält.

„Na, bin ich nicht nett? Ich hab für Jessica und dich ein Los mitgebracht. Hier, ihr dürft sogar wählen. Und ihr braucht nicht mal vor mir auf die Knie zu fallen, um euch zu bedanken."

„Ich bin beeindruckt", sagt Conny und nimmt sich grinsend ein Los.

Sie faltet es auseinander und sagt: „Nummer acht. Und was habt ihr?"

„Zwölf."

Conny rechnet kurz in Gedanken, dann nimmt ihr Gesicht einen enttäuschten Ausdruck an. „Das ist ja doof. Dann reitet ihr ja fast eine halbe Stunde später los als wir."

Jessica zuckt mit den Schultern. „Tja, da kann man nichts machen. Wie geht's jetzt eigentlich weiter?"

„Die anderen laufen alle zu einem Tisch beim Ausgang", sagt Maike, die von ihrem Platz aus in diese Richtung sieht. „Da sitzt die Frau von eben, ihr wisst schon, die mit den Cowboystiefeln und Losen, und schreibt was auf."

Jemand tippt Jessica auf die Schulter. „He, ihr da. Was habt ihr für Startnummern?"

Jessica dreht sich um. Hinter ihr steht ein schlaksiger, etwa siebzehn oder achtzehn Jahre alter Junge, dessen Gesicht voller Mitesser und entzündeter Pickel ist. Hinter ihm haben sich drei weitere Jugendliche in seinem Alter aufgebaut.

„Unsere Startnummern gehen dich überhaupt nichts an", sagt Alex spitz.

„Dich hab ich nicht gefragt, Mecki."

„Ich heiße Alex und nicht Mecki", sagt Alex und ballt die Hände zu Fäusten.

„Alle Igel heißen Mecki", sagt der Junge ungerührt.

Alex streicht sich unwillkürlich über ihr kurzes schwarzes Haar, das nach allen Seiten absteht, seit sie den Reithelm ausgezogen hat.

„Bist du aber drollig", sagt sie verächtlich. Sie macht ein Gesicht, als wolle sie sich jeden Moment auf den Jungen stürzen, obwohl der sie bestimmt um fast zwei Köpfe überragt.

„Wir haben die Startnummern sechs und dreizehn", fährt der Junge fort, ohne Alex weiter zu beachten, „und suchen jemanden, der mit uns tauscht."

„Wieso denn das?“, fragt Maike.

Der Junge schenkt Maike einen langen, mitleidigen Blick. Dann lässt er sich zu einer Erklärung herab: „Ist doch logisch, du Baby. Damit wir vier zusammen reiten können.“

„Ich blick's trotzdem nicht“, sagt Maike beharrlich. „Selbst wenn ihr ähnliche Startnummern habt, müsst ihr doch nacheinander starten, oder?“

„Mannomann, bist du so bescheuert oder tust du nur so? Wir machen unterwegs einen Treffpunkt aus und warten aufeinander. Kapiert?“

„Doofkopf“, murmelt Maike schmollend.

„Wir geben euch die Nummer acht und nehmen die dreizehn“, sagt Jessica kühl und hält dem Jungen ihr Los hin. „Nimm's oder lass es bleiben.“

„Okay“, sagt der Junge und gibt Jessica die verlangte Nummer, dann zieht er mit seinen Kameraden feixend und albern kichernd ab.

„Warum hast du das gemacht?“, wendet sich Alex wütend an Jessica. „Gegen den ist Sofie ja ein richtiger Goldschatz. Dem hätte ich nicht mal einen Nasenpopel von mir gegeben!“

Jessica lächelt. „Ich hab's gemacht, weil wir jetzt die Startnummern zwölf und dreizehn haben und ebenfalls zusammen reiten können.“

Alex' zorniger Gesichtsausdruck weicht einem breiten Grinsen. „Du bist gerissener, als ich dachte.“

Die Mädchen beschließen, dass Alex und Maike vor Conny und Jessica starten sollen, da sie die langsameren Ponys haben. Da sie nicht wissen, wie die Strecke verläuft, vereinbaren sie als Treffpunkt die erste Abzweigung außerhalb von Hirschberg. Dann teilen sie der Frau am Ausgang ihre Startnummern mit. Die Frau nickt und notiert sich ihre Namen.

Auf dem Parkplatz finden sie Utes Wagen. Er ist nicht abgeschlossen, und so können die Mädchen ihre Rucksäcke herausholen, in die sie so nützliche Dinge wie Taschenmesser, Heftpflaster, Taschentücher, Müsliriegel, Äpfel und Plastikflaschen mit Tee hineingepackt haben. Conny hat außerdem noch eine ganze Tüte voller selbst gebackener Pferdekekse dabei.

Obwohl die Sonne nun höher am Himmel steht, ist es immer noch kalt. Jessica haucht in die Luft und beobachtet, wie sich der Nebel, der dabei vor ihrem Mund entsteht, wieder auflöst. Sie schultert den Rucksack, schließt den Reißverschluss ihrer Jacke, steckt die Hände in die Taschen und schlendert hinter den anderen her um die Scheune herum zu ihrem Pony. Sie muss grinsen, als Alex und Conny lautstark vom Frühstücksbuffet zu schwärmen beginnen, sobald sie in Sofies Hörweite sind.

Jessica bindet Amica los und bedankt sich bei Michael fürs Aufpassen.

„Wann kommt ihr denn dran?“, will Michael wissen.

„Als zwölfte und dreizehnte“, sagt Jessica.

„Da habt ihr aber Glück gehabt, dass ihr gleich hintereinander startet.“

„Ja, nicht?“, sagt Maike und grinst so breit, dass Jessica befürchtet, Michael könne Verdacht schöpfen, dass da irgendwas nicht mit rechten Dingen zugegangen sei.

„Wir starten als sechzehnte“, sagt Sofie, die sich inzwischen zu Michael gesellt und neugierig zugehört hat.

„Das interessiert doch keinen“, zischt ihr Alex zu, aber so, dass Michael es nicht hören kann. Sie nimmt Norris am Zügel und humpelt in Richtung Start davon, ohne Sofie eines weiteren Blickes zu würdigen. Jessica, Conny und Maike folgen ihr.

Als Sofie sie nicht mehr sehen kann, lässt Alex' Humpeln merklich nach. Sie murmelt leise vor sich hin und bewegt die Finger, als ob sie mit deren Hilfe etwas ausrechnen würde.

„In einer Stunde sind wir erst dran“, stöhnt sie. „Das wird ja tierisch langweilig.“

Doch es wird überhaupt nicht langweilig, denn am Start erwartet die Teilnehmer bereits die erste Aufgabe: Auf einem Brett, das sich etwa in Augenhöhe der Pferde befindet, stehen 40 brennende Teelichter in einer Reihe. Die Reiterinnen und Reiter haben die Aufgabe, innerhalb von einer Minute möglichst viele Teelichter zu löschen. Hierzu bekommen sie einen langen Stab, an dessen Ende ein Metallhütchen befestigt ist, mit dem die Flammen erstickt werden können. Die Frau mit den Cowboystiefeln, die nun in einen warmen Wintermantel gehüllt ist, steht mit einem Schreibblock daneben und notiert die Zahl der gelöschten Kerzen oder die Zeit, die zum Löschen gebraucht wurde.

Die vier Freundinnen gesellen sich zu den vielen Zuschauern, die lachend und klatschend in einem weiten Kreis um das Brett herumstehen, und beobachten gespannt, wie die verschiedenen Teams die Aufgabe bewältigen. Manche Pferde und Ponys lassen sich problemlos an die Kerzen heranreiten und warten in unerschütterlicher Ruhe, bis alle Lichter gelöscht sind. Andere haben solche Angst vor den Flammen oder, was zu Jessicas Erstaunen noch häufiger vorkommt, vor dem langen Stab, dass die Reiterinnen oder Reiter kaum ein oder zwei Kerzen löschen können.

Jessica, Alex und Maike amüsieren sich köstlich, doch Conny wird immer blasser. „So was hab ich mit Schneeflocke noch nie gemacht“, sagt sie heiser. „Hoffentlich regt sie sich dabei nicht auf.“

„Es reicht ja auch, wenn du dich aufregst“, lästert Alex.

„Wahrscheinlich musst du nur aufpassen, dass Schneeflocke nicht in die Kerzen beißt“, sagt Jessica kichernd.

„Ja ja, macht euch nur lustig über mich", sagt Conny düster. Dann fügt sie hinzu: „Ich muss dringend aufs Klo. Hältst du mal kurz Schneeflocke, Jessica?"

Nachdem Conny insgesamt dreimal auf der Toilette war, ist es endlich soweit. Maike und Alex sind am Start und bekommen von Herrn Lubitz, der vorhin die wenig beachtete Einführungsrede gehalten hat, ihre Landkarte ausgehändigt. Es ist die Schwarzweißfotokopie einer Wanderkarte, in die jemand mit einem roten Stift die Route eingetragen hat.

„Schaut euch die Karte genau an und verliert sie nicht", sagt Herr Lubitz. „Unterwegs gibt es keine Hinweisschilder. Ihr müsst deshalb gut aufpassen, dass ihr nirgends falsch abbiegt. Und denkt daran, dass nicht auf Zeit geritten wird. Ihr könnt also eure Ponys schonen."

„Wir haben sowieso vor, unterwegs mal 'ne Pause einzulegen", sagt Alex und zwinkert Maike unauffällig zu.

„Sehr vernünftig", sagt Herr Lubitz. Dann deutet er zum Zuschauerkreis hinüber. „Ihr könnt anfangen, glaube ich."

Dann wendet er sich an Jessica und Conny, händigt ihnen ebenfalls eine Karte aus und wiederholt seinen Spruch auf. Conny schaut sich die Karte kurz an, dann gibt sie sie Jessica und sagt: „Nimm du sie bitte. Ich bin nicht gut im Kartenlesen."

Jessica faltet die Karte zusammen und steckt sie sorgfältig in die Brusttasche ihrer Jacke, wo sie sie nicht verlieren kann. Dann stellt sie sich in die Bügel, um Alex und Maike bei ihrer ersten Aufgabe zu beobachten. Sie sieht zwar nicht viel von den beiden, aber nach dem Beifall zu urteilen geht alles glatt.

„O Gott, ich muss schon wieder aufs Klo", jammert Conny neben ihr.

„Reiß dich zusammen, ja?", sagt Jessica. „Wir sind gleich dran."

Da teilt sich auch schon die Zuschauermenge und Alex und Maike reiten strahlend davon. Sie bedeuten Jessica und Conny mit dem Daumen-nach-oben-Zeichen, dass alles bestens geklappt hat.

„Also los, ihr beiden“, sagt Herr Lubitz, „und viel Glück!“

„Danke“, haucht Conny mit bleichem Gesicht.

Die Zuschauer sehen den beiden Mädchen gespannt entgegen. Jetzt wird Jessica auch ein bisschen nervös. Amica beginnt zu tänzeln. Ihr langer Schweif fährt zischend durch die Luft, als müsse sie eine ganze Horde lästiger Fliegen abwehren.

„Fang du an“, sagt Conny neben ihr, doch Jessica winkt ab. Sie weiß genau, dass Conny sonst noch nervöser werden würde.

„Nein, mach du zuerst. Dann hast du's hinter dir.“

Conny hat einige Probleme, Schneeflocke so neben den Teelichtern zum Stehen zu bringen, dass sie die Lichter mit dem Stab erreichen kann. Immer wieder muss sie einen kleinen Zirkel reiten, um Schneeflocke erneut auszurichten. Als die Zeit um ist, hat sie erst fünf Flammen erstickt.

Als Jessica den Stab übernimmt, merkt sie, dass die Aufgabe leichter ausgesehen hat, als sie in Wirklichkeit ist. Sie muss, um den Stab halten zu können, die Zügel in eine Hand nehmen und kann deshalb nur schlecht mit ihnen führen. Hinzu kommt, dass der Stab sehr lang ist und deshalb die kleinste Bewegung ihrer Hand zu einer großen Bewegung des Hütchens an seinem Ende wird. Zum Glück lässt sich Amica leicht mit Schenkelhilfen neben den Kerzen ausrichten, und obwohl sie misstrauisch den Stab beäugt, rührt sie sich kaum von der Stelle. So schafft es Jessica unter dem Beifall der Zuschauer, in kurzer Zeit alle Flammen zu löschen.

„Team 13, insgesamt 45 Kerzen, 4 Sekunden unter der Zeit", sagt die Frau mit den Cowboystiefeln, während sie das Ergebnis notiert. Dann sieht sie auf und lächelt. „Das war nicht schlecht", sagt sie. „Ihr könnt jetzt losreiten. Viel Glück!"

Jessica und Conny reiten aus dem Kreis der Zuschauer heraus. Conny ist mit ihrer Leistung nicht zufrieden, doch Jessica muntert sie wieder auf. Dann holt sie die Karte hervor und faltet sie auseinander.

„Zuerst geht's nach Westen, den Tulpenweg entlang", sagt Jessica. „Zu dumm, dass wir keinen Kompass haben. Hast du vielleicht 'ne Ahnung, wo Westen ist?"

„Klar. Da." Conny streckt ohne zu zögern die Hand aus.

Jessica macht ein erstauntes Gesicht. „Woher weißt du das?"

Conny schmunzelt. „Weil die anderen alle in diese Richtung fortgeritten sind."

Hinter ihnen lachen die Zuschauer. Jessica dreht sich im Sattel um und sieht, dass ein Junge auf einem Haflinger vor Aufregung die Hälfte der Teelichter mit dem Stab vom Brett gewischt hat.

„Los, reiten wir", hört sie Conny sagen. „Ich bin gespannt, ob wir Maike und Alex finden."

DIE RÄTSEL AUF DER KARTE

Alex und Maike warten wie verabredet an der ersten Abzweigung nach dem Ortsschild.

„He, habt ihr schon gesehen?", ruft Alex schon von weitem und wedelt mit ihrer Karte in der Luft herum. „Hier drauf ist 'ne Aufgabe versteckt."

Jessica und Maike reiten neben sie und verrenken sich fast die Hälse, damit sie sehen können, wo Alex hinzeigt.

„Hier am Rand steht: *Heute sollt' es dir gelingen, 'ne rote Schleife mitzubringen.*"

„Tatsächlich!" Jessica holt rasch ihre eigene Karte hervor, faltet sie auseinander und studiert sie genau. Da die Karte nur eine Schwarzweißkopie ist, fällt es auf den ersten Blick nicht auf, dass jemand etwas draufgeschrieben hat, denn die Schrift wurde mitkopiert und hebt sich deshalb farblich nicht von der Karte ab. Aber in der linken oberen Ecke entdeckt sie trotzdem was.

„Ich hab auch was gefunden", ruft sie aufgeregt, „Ein Gedicht, in dem das letzte Wort fehlt. Schätze, dass wir es ergänzen müssen. Passt mal auf: *Hast du der Kastanien vier, isst's zuviel, das sag ich dir. Wenig isst hingegen zwei, deshalb bringe lieber –?*"

„Drei!“, rufen Alex, Conny und Maike gleichzeitig.

„Das war ja einfach zu erraten“, sagt Conny. „Und die Aufgabe ist auch leicht. Ich weiß nämlich, wo's Kastanien gibt. Gleich bei der Ochsenscheune steht ein riesiger Kastanienbaum, da liegen die Dinger massenhaft rum. Das hab ich gesehen, als ich aufs Klo bin.“

„Ich weiß nicht ...“, sagt Jessica und starrt nachdenklich auf die Karte. „Was für Kastanien waren denn das?“

„Normale Kastanien eben. Braun, rund, glänzend, mit 'nem hellen Fleck drauf. Wieso?“

„Weil da ‚isst‘ mit zwei ‚s‘ steht. Außerdem müsste es doch eigentlich ‚sind‘ heißen, oder?“

„Das ist doch bestimmt bloß ein Fehler“, meint Conny.

„Und wenn nicht?“ Jessica sieht auf. „Vielleicht sind Esskastanien gemeint.“

„Ach so“, sagt Conny. „Hm. Könnte sein. Aber ... gibt es hier überhaupt Esskastanien? Und woran erkennt man die?“

Jessica, Maike und Alex zucken mit den Schultern.

„Na gut, dann müssen wir uns eben überraschen lassen“, sagt Conny. „Vielleicht sehen sie ja so ähnlich aus wie normale Kastanien.“

„Hier steht auch was“, sagt Alex, die sich schon wieder in die Karte vertieft hat. *„Wo du das Holzkreuz aufgespürt, mit einem Loch ist's schnell markiert.“*

Sie hebt den Kopf und schaut ihre Freundinnen der Reihe nach an. „Versteht ihr das? Was für ein Holzkreuz denn?“

„Vielleicht meinen die so ein großes Kreuz mit 'ner Jesusfigur dran. Die sieht man doch manchmal unterwegs“, sagt Maike.

„Und dann?“, fragt Alex. „Sollen wir etwa Holzwurm spielen und ein Loch hineinbohren?“

Jessica findet den Gedanken lustig, doch Maike geht

eifrig darauf ein: „Ich hab 'nen Korkenzieher an meinem Taschenmesser. Vielleicht geht's mit dem?"

Conny schüttelt zweifelnd den Kopf. „Ich glaub nicht, dass das die richtige Lösung ist. Das Kreuz wäre ja total im Eimer, wenn jede Gruppe ein Loch hineinbohren würde."

„Vielleicht muss man ja auch neben dem Kreuz ein Loch in den Boden graben", sagt Alex nun.

Jessica beginnt zu kichern, doch Maike sagt mit ernster Miene: „'ne Schaufel hab ich leider nicht dabei."

„Echt jetzt", sagt Alex kopfschüttelnd. „Dass du daran nicht gedacht hast … Ich packe immer zuallererst meine Schaufel ein, egal, wohin ich gehe."

Maike ist völlig verblüfft. „Sag bloß, du hast wirklich eine dabei."

Jessica, Conny und Alex lachen los. Maike dämmert es, dass sich Alex über sie lustig gemacht hat, und macht ein beleidigtes Gesicht. Dann beginnt sie ebenfalls zu lachen.

Als sich Jessica wieder halbwegs beruhigt hat, holt sie tief Luft und sagt: „Jetzt passt alle mal auf. Es ist ganz einfach: An der Stelle, an der wir das Holzkreuz finden, machen wir ein Loch … in die Karte."

Ein paar Sekunden lang ist es still, dann platzt Conny heraus: „Ist ja logisch! Mensch, Jessica, wenn wir dich nicht hätten …"

Die Mädchen vertiefen sich erneut in die Karte, und diesmal ist es Maike, die ein Rätsel findet. Aufgeregt beginnt sie die in winziger Schrift geschriebenen Verse zu entziffern, die sich in weiten Abständen über die Fotokopie verteilen: *„Weiße Blüten auf dem Baum … findest du im Spätherbst kaum … Doch siehst du solchen Blütentraum … an einem jungen Apfelbaum … sollst du dich nicht daran entzücken … sondern eine Blüte pflücken."*

Stolz schaut sie auf und freut sich, dass die anderen Mädchen beifällig nicken.

„Also werden wir nach einem blühenden Apfelbaum Ausschau halten", sagt Conny und runzelt die Stirn. „Ich wusste gar nicht, dass es so etwas um diese Jahreszeit überhaupt gibt."

„Schaut mal, da kommen schon die nächsten beiden Reiter!", ruft Alex plötzlich und deutet zum Ortsrand hinüber. „Es sind zwei Jungs auf Haflingern, glaube ich."

„Wenn die sich an uns ranhängen", sagt Maike, „brauchen sie die Rätsel gar nicht selbst zu lösen, sondern nur das Gleiche zu tun wie wir. Los, lasst uns ein Stück galoppieren, damit wir ein bisschen Abstand gewinnen!"

„Okay", sagt Jessica und wirft nochmal einen schnellen Blick auf die Karte, „aber wir müssen aufpassen, dass wir die nächste Abzweigung nicht verpassen." Hastig faltet sie das Blatt zusammen und steckt es wieder in die Jackentasche. „Los geht's!"

Die Ponys rennen los, als hätten sie schon seit Tagen keine Bewegung mehr gehabt. Maike wirft vor Vergnügen den Kopf in den Nacken und heult wie ein Indianer, indem sie mit der flachen Hand auf ihre Lippen trommelt. Jessica stellt sich in die Bügel und lehnt sich über Amicas Hals, bis ihr die lange, seidige Mähne ins Gesicht flattert. Die Luft ist noch so kalt, dass ihr der eisige Gegenwind Tränen in die Augen treibt und die Umgebung zu verschwimmen beginnt. Sie hört, wie Norris und Gringo langsam zurückfallen, aber Schneeflocke hält sich tapfer neben ihr.

„Ich glaube, dort vorn geht ein Feldweg ab", hört sie Conny rufen.

Jessica wischt die Tränen fort, um wieder besser sehen zu können. Dann sieht sie sich nach Maike und Alex um. Die beiden sind vielleicht fünfzig Meter zurückgefallen. Jessica gibt ihnen ein Zeichen, dass bald die Abzweigung kommt. In diesem Moment sieht sie nur wenige hundert

Meter hinter Alex und Maike die beiden Jungen auf den Haflingern, die ihnen in gestrecktem Galopp folgen. Jessica deutet aufgeregt nach hinten. Alex kapiert als Erste und schaut sich um. Dann alarmiert sie Maike.

„Was ist denn los?“, brüllt Conny, um das laute Trommeln der Hufe auf dem Weg zu übertönen.

„Die beiden Jungs verfolgen uns!“, schreit Jessica und hofft, dass Conny sie versteht, denn der Wind trägt ihre Stimme davon.

Conny grinst. „Und jetzt versuchen wir sie abzuhängen?“

;„Genau!“

„Cool!“

Normalerweise hätten die Mädchen vor der Kurve sicherheitshalber durchpariert, aber nun biegen sie ab, ohne das Tempo merklich zu verringern. Als es wieder geradeaus geht, treiben die Mädchen ihre Ponys zu noch größerer Eile an.

Jessica sieht sich immer wieder nach den Jungen um. Den beiden scheint es Spaß zu machen, die Mädchen zu verfolgen. Ihre Haflinger sind zwar alles andere als Rennpferde, aber Norris ist noch langsamer als sie, und so beginnt der Abstand langsam zu schrumpfen. Jessica überlegt krampfhaft, was sie tun könnten, um die Jungen loszuwerden. Anhalten und die beiden weiterwinken? Aber was tun, wenn die Jungen auch anhalten?

Plötzlich ruft Conny: „Ich glaube, vor dem Birkenwäldchen dort müssen wir links abbiegen!“

Da hat Jessica eine Idee. In dem Wäldchen müssten sie sich doch verstecken können, vorausgesetzt, der Vorsprung ist groß genug.

„Wir reiten geradeaus!“, schreit sie.

„Aber …“, fängt Conny an, doch Jessica hört ihr nicht zu. Sie gibt mit den Zügeln nach und lässt Amica noch schneller laufen. Sie rast an der Abzweigung vorbei und bedeutet den anderen, ihr zu folgen. Mit einem kurzen Blick über die Schulter überzeugt sie sich, dass sie es tatsächlich tun.

Als Jessica das Wäldchen erreicht hat, galoppiert sie langsamer und schaut sich nach einem geeigneten Versteck um. Bei einer Gruppe von Büschen und jungen Bäumen hält sie an und wartet, bis alle anderen Mädchen in Sichtweite sind. Dann reitet sie vom Weg ab, um sich hinter dem dichten Laub der Büsche zu verbergen.

Conny ist als Erste bei ihr, dann kommt Maike und zum Schluss Alex. Die Ponys sind außer Atem und ihr Fell ist nass geschwitzt. Norris schnauft so heftig, dass es sich anhört, als würde jemand in schnellem Takt schnarchen. Maikes und Connys Backen glühen vor Begeisterung, während Alex einen eher gequälten Eindruck macht.

„Der Galopp war eindeutig zu lang“, klagt sie. „Mein Fuß fühlt sich an, als ob er gleich explodieren würde.“

Jessica, Conny und Maike achten nicht auf sie, sondern spähen gespannt durch ein paar Lücken im Laub zur Kreuzung hinunter, wo die beiden Jungen angehalten und ihre Karte hervorgeholt haben. Jetzt blicken die beiden abwechselnd zwischen dem Wäldchen und dem richtigen Weg hin und her. Schließlich zucken sie mit den Schultern und reiten weiter – auf dem richtigen Weg und fort von den Mädchen.

„Gut“, sagt Jessica zufrieden. „Die wären wir los.“

„Die glauben bestimmt, dass wir uns verfranzt haben“, sagt Maike und kichert.

Die Mädchen warten noch eine Minute, um den Jungen ein bisschen Vorsprung zu geben, dann verlassen sie das Wäldchen und folgen dem auf der Karte eingezeichneten Weg. Sie lassen die Zügel lang und reiten in einem gemütlichen Schritt, damit sich die Ponys wieder erholen können.

Es dauert nicht lange, bis sie in einiger Entfernung die beiden Jungen wieder entdecken. Sie scheinen am Rand einer Wiese in der Nähe eines geparkten Autos ihre Karte zu studieren, während sich ihre Haflinger das Gras schmecken lassen. Sofort halten die Mädchen an, denn sie wollen von den Jungen keinesfalls gesehen werden. Da bemerken sie, dass hinter einem der Ponys jemand steht.

„Ob das vielleicht ein Posten ist?", fragt Maike, doch Jessica, Alex und Conny wissen die Antwort natürlich genauso wenig wie sie. Voller Ungeduld warten sie darauf, dass die beiden Jungen endlich wieder verschwinden. Erst als sie außer Sicht sind, reiten die Mädchen weiter.

Maike hatte mit ihrer Vermutung Recht: Es ist tatsächlich der erste Posten. Neben einem Schild mit der Zahl 1 steht eine junge Frau und tritt schnell von einem Bein aufs andere. Obwohl sie in der Sonne steht und den Kragen ihrer dicken Jacke bis übers Kinn hochgeschlagen hat, hat sie eine rote Nase und genauso rote Ohren.

„Ah, da kommen ja schon die nächsten", sagt sie und schnieft. Obwohl sie ganz offensichtlich friert, klingt ihre Stimme freundlich. „Und sogar gleich vier auf einmal!"

Die Mädchen werfen sich erschrockene Blicke zu. Eigentlich hatten sie vorgehabt, sich vor jedem Posten wieder in zwei Gruppen zu teilen, aber das haben sie total vergessen. Hoffentlich bekommen sie jetzt keinen Ärger.

Doch ihre Sorgen sind unbegründet, denn die Frau fährt unbekümmert fort: „Jetzt brauche ich wenigstens nicht alles zweimal zu erklären. Also passt auf: Ich gebe euch jetzt ein Blatt Papier, auf dem etliche Wörter aufgelistet sind. Ihr habt eine Minute Zeit, um euch alle einzuprägen. Zwei Kilometer weiter ist der zweite Posten. Dort müsst ihr alle Wörter, die ihr euch gemerkt habt, aufzählen. Je besser ihr euch erinnert, desto mehr Punkte gibt's. Alles klar?"

Die Mädchen nicken.

Maike und Alex haben die niedrigere Startnummer, deshalb müssen sie anfangen. Als Alex die Liste überfliegt, macht sie ein langes Gesicht.

„Steht da aber viel drauf", stöhnt sie. „Wie soll ich denn das in einer Minute auswendig lernen? Das kann ich in der Zeit ja nicht mal alles lesen!"

Die junge Frau lacht. „Jetzt übertreibst du aber." Sie hebt ihre Stoppuhr und sagt: „Achtung, ab jetzt gilt's!"

Alex und Maike beginnen zu lesen. Mit leisem Gemurmel wandert ihr Blick von oben nach unten über die Liste.

Während Jessica die beiden gespannt beobachtet, kommt ihr ein Gedanke: Wenn Alex und Conny die Wörter von oben nach unten lernen, sollte sie vielleicht lieber die umgekehrte Reihenfolge wählen.

Als die Zeit um ist, sehen Alex und Maike nicht gerade glücklich aus. Die junge Frau muss ihnen die Blätter mit sanfter Gewalt aus den Fingern ziehen. Sie lächelt nachsichtig und sagt: „So, ihr zwei. Ihr könnt jetzt weiterreiten. Viel Glück!"

Alex und Maike wenden ihre Ponys und reiten davon.

„Und nun kommt ihr dran", sagt die Frau und verteilt die Listen an Conny und Jessica.

Sofort beginnt Jessica damit, sich die Wörter vom Ende her sorgfältig einzuprägen: Hufnagel, Kardätsche, Araber, Mistgabel, …

Als die junge Frau „Stopp!" sagt und die Hand nach den Listen ausstreckt, hat Jessica die Wörter bis über die Mitte hinaus gelernt.

„Du siehst ja recht zuversichtlich aus", sagt die Frau zu ihr. „Von allen anderen habe ich bisher nur Klagen gehört."

Jessica lächelt. „Ich bin ja auch ziemlich sicher, dass wir die volle Punktzahl schaffen können."

Conny sieht Jessica so ehrfürchtig an, als ob sie die Göttin der Weisheit persönlich wäre.

Jessica und Conny reiten weiter und treffen fünf Minuten später auf Alex und Maike, die an einem windgeschützten, sonnigen Plätzchen auf sie warten.

„Da seid ihr ja endlich", sagt Alex. „Jetzt aber Beeilung, bevor ich alle Wörter wieder vergessen habe."

„Halt, warte", sagt Jessica und holt ihren Rucksack vom Rücken.

Alex sieht Jessica fassungslos an. „Sag bloß, du willst jetzt anfangen zu vespern! Würdest du ordentlich frühstücken …"

„… so wie du …", ergänzt Jessica schmunzelnd.

„Genau. Dann wärst du jetzt nicht schon wieder hungrig."

„Und ich würde inzwischen garantiert zwei Zentner wiegen. Aber keine Angst, ich will gar nichts essen."

Jessica holt einen Zeichenblock und ein kleines Mäppchen mit Bleistiften, Radiergummi und Spitzer aus dem Rucksack. Diese Dinge hat sie fast immer dabei, denn sie malt gerne und macht sich hin und wieder Skizzen, wenn ihr etwas besonders gut gefällt.

„Du hast wohl 'nen Sprung in der Schüssel!", sagt Alex. „Du kannst doch jetzt nicht anfangen zu zeichnen!"

Alex lässt den Blick über die Landschaft schweifen. Dann schüttelt sie verständnislos den Kopf. Auch die beiden anderen Mädchen sehen so aus, als würden sie heftig an Jessicas Verstand zweifeln, doch Jessica beachtet sie nicht.

„So, fertig", sagt sie bald darauf. „Das sind die Wörter vom Ende der Liste. Jetzt könnt ihr mir sagen, was ihr euch gemerkt habt."

„Ach so, du schreibst die Wörter auf, damit wir sie nicht vergessen“, sagt Alex und macht große Augen. „Genial!“

Alex, Maike und Conny diktieren Jessica die Begriffe, an die sie sich erinnern.

„Stopp, das reicht“, sagt Jessica. „Den Rest hab ich schon. Ich les jetzt alles vor und ihr sagt mir, ob's stimmt, okay?“

Die Mädchen sind sich einig, dass kein Wort fehlt. Jessica reißt das oberste Blatt vom Block und packt ihn und das Mäppchen wieder in den Rucksack. Während sie weiterreiten, liest Jessica die Wörter vor und lässt sie von den anderen wiederholen, bis alle die ganze Liste auswendig können.

Die Kastanien

Der Weg führt nun in ein schmales Tal hinunter, in dem sich immer noch dichter Nebel hält. Die Sonne wird langsam zu einer milchigen Scheibe, die eher wie der Mond aussieht und genauso wenig Wärme spendet. Dann, als die Mädchen den Bach erreicht haben und an ihm entlangreiten, ist die Sonne ganz verschwunden und alles ist nur noch grau in grau. Die feinen Wassertröpfchen, die sich auf Jessicas Gesicht niederschlagen, fühlen sich nass und kalt an. Das braune Laub der Bäume hängt schwer und kraftlos von den Ästen. Große Blätter sind das, schmal und gezackt. Was das wohl für Bäume sind?

„Kastanien!", ruft Conny in diesem Moment. „Da, auf dem Boden!"

Aufgeregt springt sie aus dem Sattel und bückt sich nach etwas Gelbem, Stacheligem. „Autsch", ruft sie und zieht die Hand zurück. „Haben die aber spitze Stacheln!"

Sie stellt den Fuß auf den kleinen igelartigen Ball und tritt zu, bis die Schale auseinander bricht und zwei Kerne herausfallen, die glänzen wie frisch poliertes rotbraunes Holz. Conny hebt den größeren von beiden auf und zeigt ihn strahlend den anderen.

„Das ist doch eine Kastanie, oder nicht?", sagt sie. „Fragt sich nur, ob's eine Esskastanie ist. 'ne normale Kastanie sieht jedenfalls anders aus. Größer und runder."

„Zeig mal her", sagt Maike und streckt die Hand aus. „Hm. So ähnlich sehen die heißen Maronen aus, die wir immer auf dem Weihnachtsmarkt kaufen. Sind Maronen denn Esskastanien?"

„Ich glaub schon", sagt Jessica. „Auf jeden Fall kann es nicht schaden, ein paar von den Dingern mitzunehmen."

Jessica und Maike steigen ab, um Conny beim Aufsammeln zu helfen. Nur Alex bleibt wegen ihres verstauchten Fußes auf ihrem Pony sitzen.

Das Kastaniensuchen macht wirklich Spaß. Die Mädchen setzen ihren ganzen Ehrgeiz daran, die größten und schönsten Früchte zu finden. Obwohl sie schon längst mehr als genug eingesammelt haben, bedauern sie es richtig, als Alex sich duckt und warnt: „Hinter der Hecke dort kommen Reiter! Ich habe ihre Kappen gesehen. Los, nichts wie weg!"

Jessica hilft Maike in den Sattel, dann steigt sie so schnell wie möglich selber auf. Sie hat nicht die geringste Lust, schon wieder jemanden abschütteln zu müssen.

Schon hören die Mädchen das Klappern der Hufe der sich nähernden Pferde. Um selbst nicht gehört zu werden, halten sie sich auf dem mit Gras bewachsenen Seitenstreifen neben dem Weg. Jessica hat wieder die Führung übernommen. Immer wieder blickt sie sich um, bis die Reiter, vor denen Alex sie gewarnt hat, um eine Kurve kommen und durch den Nebel als graue, verschwommene Gestalten zu sehen sind.

„Da sind sie!", flüstert Conny nervös. „Los, Jessica, reite ein bisschen schneller, bevor sie uns entdecken."

„Ja, gleich", flüstert Jessica zurück. „Ich will nur noch sehen, ob sie die Kastanien finden. O Mist, sie haben angehalten. Schade."

Die geisterhaften Gestalten gleiten vom Rücken ihrer Pferde und bücken sich.

„Du hast wohl gedacht, dass wir die Einzigen sind, die Augen im Kopf haben“, sagt Conny leise.

Jessica schüttelt den Kopf. „Nein, ich habe gehofft, dass einige Reiter gar nicht erst die Rätsel auf der Karte entdeckt haben. Aber wenigstens können wir nun wieder einen guten Vorsprung herausreiten. Hat jemand was gegen einen gemütlichen Galopp einzuwenden?“

Natürlich hat keines der Mädchen etwas dagegen, und so galoppieren sie am Bach entlang, bis der Weg vor einem großen Feld nach rechts abbiegt und über einen Holzsteg auf die andere Seite des Baches führt. Jessica pariert zum Schritt durch und nähert sich langsam dem Steg. Das gurgelnde Wasser, das darunter hindurchfließt, ist durch den dichten Nebel mehr zu erahnen als zu sehen. Aus dem Knirschen der Hufe auf dem Weg wird ein hohles Poltern, als Amica die nassen, hölzernen Holzplanken der Brücke betritt.

Schon nach wenigen Schritten bleibt die Stute stehen und weigert sich weiterzugehen. Jessica schluckt nervös. Zwar hat die Brücke ein Geländer, aber das macht keinen besonders stabilen Eindruck. Dem Gewicht eines scheuenden Pferdes hält es bestimmt nicht stand. Jessica überlegt, ob sie besser absteigen und Amica führen sollte, doch in diesem Moment zwängt sich Gringo mit der grinsenden Maike an ihr vorbei und übernimmt die Führung. Gringo stapft so gleichmütig über die Planken, als hätte er noch nie etwas anderes gemacht. Nun setzt sich auch Amica wieder in Bewegung. Zwar schaut die Stute nervös nach rechts und links in den milchigen Nebel, aber sie bleibt Gringo dicht auf den Fersen. Hinter sich hört Jessica Conny, die leise und beruhigend auf Schneeflocke einredet, und das Rumpeln von Norris' schweren Hufen auf den Planken.

Am anderen Ufer steigt der Weg langsam an. Der Nebel wird dünner und die graue Farbe des Himmels wird allmählich zu einem hellen Blau. Jessica schließt die Augen und wendet das Gesicht den wärmenden Strahlen der Sonne zu.

Es dauert nicht lange und die Mädchen sehen den zweiten Posten am Wegesrand stehen. Er hat sie noch nicht entdeckt, deshalb winkt Jessica ihre Freundinnen rasch zur Seite, damit sie die Wörter, die sie auswendig lernen mussten, nochmal wiederholen können.

Jessica und Conny reiten als Erste zu dem Posten hin. Es ist ein Mann in einer alten olivgrünen Jacke und einer Trainingshose. Er ist von dem scheinbar ausgezeichneten Gedächtnis der Mädchen tief beeindruckt.

„Donnerwetter, bisher hat noch niemand alle Wörter gewusst“, sagt er. „Ihr habt die volle Punktzahl! Alle Achtung, das macht euch so schnell keiner nach.“

Jessica und Conny kichern, als sie weiterreiten.

„Der wird bestimmt Bauklötze staunen, wenn Alex und Maike kommen und auch alles wissen“, sagt Conny vergnügt.

Als sie außer Sichtweite des Postens sind, halten sie an, um auf ihre Freundinnen zu warten. Von weitem schon hören sie Alex und Maike lachen.

„Das ist ja ganz außergewöhnlich“, macht Alex die Stimme des Mannes nach und führt ihren Arm in einem weiten Bogen zur Seite. Dann zwinkert sie Jessica und Conny vergnügt zu und spricht mit ihrer normalen Stimme weiter: „Da habt ihr echt was versäumt. Der Typ ist fast aus den Latschen gekippt.“

Einen halben Kilometer nach dem Posten sehen die Mädchen schon von weitem das hölzerne Kreuz, das sie auf ihren Karten mit einem Loch markieren sollen. Es ist bestimmt drei Meter hoch und hat ein kleines Dach über einer grob geschnitzten Jesusfigur. Während Maike ihr Taschenmesser aus dem Rucksack holt und den Korkenzieher aufklappt, überlegen die anderen Mädchen, wo sie wohl gerade sind. An einer Wegkreuzung, soviel ist klar, aber an welcher? Sie sind sich ziemlich sicher, dass sie, seit sie den Bach überquert haben, an zwei Kreuzungen vorbeigekommen sind. Aber haben sie auch keine übersehen? Da sich keines der Mädchen an eine weitere Kreuzung erinnern kann, piksen sie an der dritten ein Loch in die Karte.

Fast einen Kilometer nach dem Kreuz finden sie den Apfelbaum mit weißen Blüten. Conny sieht ihn zuerst. Er steht gleich hinter einem ausgedehnten Maisfeld nicht weit vom Weg entfernt auf einer Wiese.

Beim Näherkommen wird schnell klar, dass die Blüten gar nicht echt sind. Sie wurden aus zartem Seidenpapier angefertigt und sehen eher aus wie große, gefüllte Rosen. Wie Christbaumkugeln hängen sie an Drähten von den unteren Ästen, wo sie vom Pferderücken aus leicht zu erreichen sind.

„He, Leute!“, sagt Alex auf einmal ganz aufgeregt. „Ich hab 'ne klasse Idee, wie wir Sofie einen Streich spielen könnten. Sie und Michael kommen doch bald hier vorbei, nicht?“

„Schon möglich“, sagt Jessica achselzuckend. Sie hat keine Ahnung, worauf Alex hinauswill.

„Also passt auf: Wir verstecken uns in dem Maisfeld da und warten, bis die nächste Gruppe ihre Blüten gepflückt hat, dann klauen wir alle anderen Blüten und warten, bis Michael und Sofie vorbeigeritten sind. Danach hängen wir sie wieder auf.“

„Quatsch“, sagt Conny, „da hängen doch mindestens fünfzig Blüten dran. Es dauert viel zu lange, die alle zu pflücken.“

„Wenn ihr alle mithelft, nicht. Na, wie sieht's aus?" Alex bekommt vor Aufregung ganz rote Backen. Erwartungsvoll schaut sie ihre Freundinnen der Reihe nach an.

„Ich mach mit!", ruft Maike. Sie sieht auf einmal genauso aufgeregt aus wie Alex und bekommt ein genauso rotes Gesicht.

„Und Michael? Den trifft unser Streich doch auch!", gibt Conny zu bedenken.

„Na und?", sagt Alex und zuckt mit den Schultern. „Er ist ja selber Schuld, wenn er mit dieser doofen Ziege reitet."

„Na gut", sagt Conny. „Sofie hat jedenfalls 'nen Streich verdient."

Der Streich

Alex grinst erfreut. Sie schwingt ihr rechtes Bein über Norris' Rücken und lässt sich langsam zu Boden gleiten.

„Los, aus den Sätteln mit euch", sagt sie. „Sonst überragt ihr womöglich die Maispflanzen, wenn wir uns dazwischen verstecken."

Die Freundinnen gehorchen und steigen ab. Dann nehmen sie die Ponys an den Zügeln und führen sie zwischen den dichten Reihen der Maispflanzen hindurch so tief ins Feld hinein, bis sie sich sicher sind, vom Apfelbaum aus nicht mehr gesehen zu werden. Kaum haben sie angehalten, hört Jessica Alex schimpfen: „Norris, du Vielfraß, lass die Maiskolben in Ruhe. He, du sollst nicht … Norris, du Mistkerl!"

Ein rupfendes Geräusch und ein nachfolgendes Krachen und Mampfen zeigt, dass sich Norris von Alex nicht beeindrucken lässt.

„Maike, du hast doch schon so viele Indianergeschichten gelesen", hört Jessica Alex nun sagen. „Könntest du mal zum Feldrand schleichen und die Lage peilen? Ich halte … Mensch, Norris, nicht noch einen Kolben! … Ich halte Gringo solange."

„Klar, mach ich!“, sagt Maike. Ihre Stimme klingt erfreut. Sie liebt es, Indianer zu spielen, und ist nun ganz in ihrem Element. Es raschelt leise, als sie davonschleicht.

Nun hat auch Amica den Mais entdeckt. Jessica kann nicht verhindern, dass sie in einen Kolben beißt und dabei die Pflanze ruckartig hin- und herbewegt.

Irgendwo in der Nähe scheint Schneeflocke das Gleiche zu tun. Zwar kann Jessica das Pony durch die dicht stehenden Maispflanzen hindurch kaum sehen, aber sie hört deutlich Connys unterdrücktes Fluchen und das Mahlen von kräftigen Kiefern.

„Ruhe jetzt!“, ruft Maike mit unterdrückter Stimme, „da kommen Reiter!“

Das ist leichter gesagt als getan. Jessica hält die Zügel dicht unter dem Kinnriemen so fest sie kann und umschließt zusätzlich mit der anderen Hand Amicas Nasenbein, damit sie mit dem Maul nicht mehr an die Maiskolben kommt, doch die Stute will sich dem Griff entwinden. Da es ihr nicht gelingt, versucht sie zu entkommen, indem sie rückwärts geht. Dabei drückt sie mit der Hinterhand Maispflanzen zur Seite, knickt sie um und tritt darauf. Auch dort, wo Alex mit Gringo und Norris steht, ist das Feld in wilder Bewegung. Überall knackt und knistert und bricht es, dann werden die Geräusche von einem ängstlichen Schrei vom Apfelbaum her übertönt: „Wildschweine! Da in dem Feld sind Wildschweine! Nichts wie weg!“

Kurz darauf hört Jessica Maike vom Feldrand her rufen: „Ihr könnt rauskommen! Die Luft ist rein. Habt ihr vielleicht einen Krach gemacht! Fast hättet ihr alles vermasselt. Wenn die euch nicht für Wildschweine gahalten hätten …“

„Halt endlich die Klappe und komm her, ich kann die beiden Ponys nicht mehr lange halten!“, ruft Alex mit Panik in der Stimme.

Jessica wendet Amica so vorsichtig wie möglich, damit nicht noch mehr Pflanzen zerstört werden. Sie hat sowieso schon ein schlechtes Gewissen wegen des Schadens, den sie hier angerichtet haben.

Am Feldrand wartet sie auf die anderen. Zuerst taucht Conny auf. Auch sie sieht nicht gerade glücklich aus. Alex und Maike dagegen kommen feixend und lachend aus dem Maisfeld heraus. Maike schildert Alex in allen Einzelheiten, wie sich die beiden Reiterinnen erschrocken haben und wie sie daraufhin auf ihren großen schwarzen Pferden davongejagt sind.

Die Mädchen steigen wieder auf. Während sie zum Apfelbaum reiten, sagt Jessica: „Ich bin dafür, das wir das mit dem Streich vergessen. Wir waren echt bescheuert, uns im Maisfeld zu verstecken."

Alex schaut Jessica verständnislos an. „Wieso bescheuert? Es war doch perfekt!"

„Glaubst du, dass Michael auch so dumm ist, uns für Wildschweine zu halten? Und wenn alles rauskommt, hast du vielleicht Lust, den Schaden zu bezahlen, den wir hier angerichtet haben?"

Alex und Maike sehen auf einmal ziemlich betreten aus. Da kommt ihnen ausgerechnet Conny zu Hilfe.

„Wir können ja auch bis zum Ende des Maisfeldes reiten und uns dahinter verstecken."

Jessica schaut zweifelnd in die Richtung, in die Conny zeigt. Es ist ein riesiges Feld, und sie würden selbst im Galopp einige Zeit brauchen, um ans andere Ende zu gelangen.

„Super Idee", sagt Alex sofort. „Dann müssen wir uns jetzt aber mächtig beeilen. Wir haben höchstens noch zwei Minuten Zeit."

Jessica hätte die ganze Sache am liebsten immer noch abgeblasen, doch weil sie keine Spielverderberin sein möchte, hilft sie mit, die Blüten von den Ästen zu holen. Immer wieder schaut sie mit klopfendem Herzen zum Weg hinüber. Michael und Sofie können jeden Moment hinter den Maispflanzen auftauchen!

Endlich sind die letzten Blüten gepflückt und die Mädchen können sich aus dem Staub machen. Im Galopp geht es am Feld entlang. Amica zieht an den anderen Ponys vorbei, wird schneller und immer schneller. Jessica hätte sich gerne umgeschaut, um zu überprüfen, ob Sofie und Michael schon da wären, aber sie kann den Blick einfach nicht von dem unebenen Wiesenboden losreißen, der in rasendem Tempo unter Amicas Hufen vorbeizieht. Zum ersten Mal kann sie es verstehen, dass ihre Mutter im Auto auch dann wie gebannt auf die Straße starrt, wenn ihr Vater fährt.

Endlich hat sie das Ende des Feldes erreicht. Ein schmaler, mit Gras bewachsener Weg führt dahinter vorbei. Jessica drosselt ihr Tempo stark, um auf den Weg einbiegen zu können. Amica macht einen kleinen Satz über den flachen Entwässerungsgraben am Weg und verschwindet mit ihrer Reiterin hinter dem Feld.

Jessica pariert zum Schritt durch und wendet. Gleich darauf erscheinen Conny und Maike und halten am Feldrand an. Von Norris ist noch nichts zu sehen, aber ein lautes, rhythmisches Schnauben kündigt ihn an. Da taucht er auch schon hinter den Maispflanzen auf. In seinem typischen schwerfälligen Galopp biegt er um die Ecke und stoppt sofort, als Alex die Zügel annimmt. Alex hat einen hochroten Kopf und schnauft genauso heftig wie ihr Pony.

„Das nächste Mal reite ich auf 'ner Schnecke“, sagt Alex, „mit der komme ich wahrscheinlich schneller vom Fleck.“

„Und du verstauchst dir beim Runterfallen nicht so leicht ein Bein“, kichert Conny.

Maike ist bereits aus dem Sattel gesprungen und gibt Conny die Zügel, damit sie „den Feind ausspähen kann", wie sie sich ausdrückt. Kaum hat sie sich an die letzten Maispflanzen herangepirscht und vorsichtig an ihnen vorbeigelinst, da zuckt sie auch schon wieder zurück.

„Achtung, sie sind da!", warnt sie.

Jessica duckt sich. Obwohl sie warme Reithandschuhe trägt, sind ihre Hände auf einmal eiskalt. Sie vergräbt sie im warmen, dicken Fell am Hals der Stute und beobachtet Maike.

„Haben sie uns gesehen?", hört sie Conny neben sich fragen.

Maike schüttelt den Kopf. Kurze Zeit später schaut sie zurück und sagt grinsend: „Sie haben uns nicht bemerkt. Sie sind einfach weitergeritten und haben den Apfelbaum nicht mal angeschaut. Bleibt aber noch in Deckung. Ich sag euch, wenn die Luft rein ist."

„Warte aber nicht zu lange", sagt Alex. „Wir müssen schließlich die Blüten wieder an die Zweige hängen, bevor die nächste Gruppe kommt."

„Das ist mir schon klar", sagt Maike. „Gleich sind sie außer Sicht. – So … jetzt."

Jessica reitet ein Stück vor und hält vorsichtig nach Michael und Sofie Ausschau. Vom Pferderücken aus hat sie einen besseren Überblick als Maike am Boden, doch von Michael und Sofie ist tatsächlich nichts mehr zu sehen.

Die Mädchen warten ungeduldig, bis Maike wieder im Sattel sitzt, dann jagen sie zum Apfelbaum zurück.

Obwohl Jessica die Blüten sorgfältig in ihren Rucksack gelegt hat, haben sich die Metalldrähte, an denen sie aufgehängt waren, ineinander verschlungen. Jessica muss die Handschuhe ausziehen, um die Drähte zu entwirren. Als sie die Blüten an die Zweige hängt, zittern ihre Finger vor Aufregung so sehr, dass ihr fast welche auf den Boden gefallen wären. Das hätte ihr gerade noch gefehlt! Sie hat keine Zeit, ständig ab- und aufzusitzen. Jetzt noch die letzte Blüte … ach nein, eine braucht sie ja selbst!

„Da kommt jemand!", ruft Alex in diesem Moment und starrt wie gebannt zum Weg hinüber, wo gerade zwei Reiterinnen auf einem schwerfälligen Fuchs und einem hübschen Apfelschimmel aufgetaucht sind.

„Macht nichts", sagt Maike, „meine Blüten hängen wieder."

„Hast du für dich eine zurückbehalten?", fragt Jessica vorsichtshalber.

„O Mist!"

Gerade als Maike nach einer Blüte grabscht, werden die Mädchen von den Reiterinnen entdeckt. Jessica und Conny winken den beiden scheinbar fröhlich und unbekümmert zu, doch kaum hat Maike die Blüte verstaut, machen sich die vier so schnell wie möglich aus dem Staub.

„Puh, das hat ja gerade nochmal hingehauen", sagt Conny erleichtert, als sie wieder gemütlich nebeneinander herreiten.

„Hast du daran etwa gezweifelt?", fragt Alex.

„Gezweifelt ist stark untertrieben", sagt Conny. „Ich war mir sicher, dass dein Plan in die Hose geht."

Alex grinst. „Tja, da sieht man halt mal wieder deutlich, wer von uns beiden schlauer ist", sagt sie.

„Wieso? Das war mehr Glück als Verstand", entgegnet Conny.

„Es heißt ja, dass die dümmsten Bauern die dicksten Kartoffeln ernten", pflichtet Maike Conny bei.

„Ach, Maike", sagt Alex mit gespielter Trauer, „wir beide sind doch ein Team. Da kannst du mich doch nicht einfach so in die Pfanne hauen. Ich glaube, ich reite doch lieber mit dir, Jessica. Wir zwei wären bestimmt unschlagbar."

„Wer's glaubt, wird selig", sagt Jessica belustigt.

„Und wer's nicht glaubt, kommt auch in den Himmel", ergänzt Maike.

„Wer mit Alex reitet, hat schon von vornherein verloren", fügt Conny hinzu.

„Ihr seid ja so gemein. Drei gegen eine. Das ist nicht fair!", sagt Alex entrüstet.

„Du hast's nötig, dich über mangelnde Fairness zu beklagen", sagt Conny. „Oder findest du dein Verhalten gegenüber Sofie etwa fair?"

„Das ist doch ganz was anderes", grinst Alex. „Schließlich ist Sofie doof und eingebildet und ich bin total nett."

„Und sooo bescheiden", sagt Jessica.

Alex tut, als ob sie den Spott in Jessicas Stimme nicht bemerkt hätte. „Genau!", sagt sie. „Da seht ihr's mal wieder: Jessica ist die Einzige, die mich richtig kennt. Jessica, bist du sicher, dass du mit mir kein Team bilden willst?"

Jessica muss lachen. „Ziemlich sicher", sagt sie.

„Schaut mal, wer da vorne auf der Bank sitzt!", ruft Conny plötzlich.

„Mich haut's vom Sattel", sagt Alex. „Sofie und Michael!"

Jessica findet, dass sich die beiden ein hübsches, sonniges Plätzchen ausgesucht haben. Ihre Ponys sind mit Stallhalftern und Führstricken an der Rückenlehne der Bank angebunden und grasen friedlich. Sofie hat sich gerade den letzten Rest eines belegten Brötchens in den Mund geschoben und bückt sich nun zu ihrem Rucksack hinunter, um noch eines herauszuholen.

Als Jessica, Conny, Alex und Maike auf gleicher Höhe mit den beiden sind, sagt Michael erfreut: „Hallo, Mädels! Na, hat bisher alles gut geklappt?"

Im Gegensatz zu Michael wirkt Sofie eher verärgert, als sie sagt: „Wo kommt ihr denn her? Ich dachte, ihr seid lange vor uns gestartet?"

„Wir haben das Gleiche gemacht wie ihr“, sagt Alex wie aus der Pistole geschossen. „Ein ausgedehntes Picknick.“

„So?“ Sofie mustert die Mädchen misstrauisch. „Und wie kommt es, dass wir euch dabei nicht gesehen haben?“

„Weil du eine blinde Kuh bist“, murmelt Alex. Laut sagt sie in liebenswürdigem Ton: „Wir haben uns ein ruhiges Plätzchen abseits der Strecke ausgesucht.“

„Und wieso reitet ihr zu viert?“

„Weil Amica und Schneeflocke schneller sind als Norris und Gringo“, sagt Alex. „Die haben uns schlicht und einfach eingeholt.“

„Ist das denn erlaubt?“, fragt Sofie Michael.

„Klar, wieso nicht?“, sagt Michael. Plötzlich lächelt er breit und zwinkert den Mädchen zu. „Wie seid ihr eigentlich an die aufeinanderfolgenden Startnummern gekommen?“

„Reiner Zufall“, sagt Alex und lächelt noch breiter als Michael. „Jetzt müssen wir aber weiter. Tschüss, Michael!“

Die Flucht

„Hey, wollt ihr einen Pferdewitz hören?“, fragt Conny.

„Aber klar doch“, sagt Alex. „Ich dachte schon, dir würde heute keiner einfallen.“

Conny wartet, bis alle dicht genug heran sind, damit sie sie gut verstehen können. Dann holt sie tief Luft und sagt: „Also: Klein-Erna schreibt einen Aufsatz. Kommt der Lehrer und schaut ihr über die Schulter.

‚Aber Erna!‘, ruft er. ‚Du hast ja die ganze Seite nur mit ›Trab trab trab trab trab‹ voll geschrieben! Wie lange willst du das denn noch tun?‘

Sagt Klein-Erna: ‚Bis ich ‚Brrr!‘ schreibe, Herr Lehrer.‘“

Die Mädchen lachen vergnügt. Sie sind nun alle in ziemlich ausgelassener Stimmung. Bisher hat alles bestens geklappt und selbst der Streich ist erfolgreich verlaufen. Es kommt ihnen so vor, als ob an diesem Tag nichts mehr schief gehen könnte.

Dieses Gefühl hält so lange an, bis sie an vier Jugendlichen vorbeikommen, die im Kreis auf einer Wiese hocken. Jeder von ihnen hat eine Bierflasche in der Hand. Um sie herum sind etliche leere Flaschen im Gras verstreut, dazwischen liegen Zigarettenschachteln, zusammengeknülltes Papier und anderer Abfall. Vier wunderschöne Pferde sind neben ihnen mit den Zügeln an den Ästen eines Baumes angebunden.

„Kommen euch die Typen nicht auch bekannt vor?“, fragt Maike.

„Klar, das sind die beknackten Heinis, die mich beim Frühstück angebaggert haben“, sagt Alex.

„Sagtest du gerade *angebaggert*?“, sagt Conny belustigt. „Ich dachte, die waren nur an unseren Startnummern interessiert. Oder hab ich da was nicht richtig mitgekriegt?“

„Wann kriegst du schon mal was richtig mit“, kichert Alex.

Als einer der Jungs die Mädchen sieht, steht er schwankend auf und schwenkt die Hand mit der Bierflasche in ihre Richtung. Jessica erkennt ihn sofort wieder: Es ist der Pickelgesichtige, mit dem sie am Morgen die Lose mit den Startnummern getauscht hat.

„Wen – hicks – haben wir denn da“, ruft er schwerfällig. „Euch kenn ich doch!“

Die anderen Jugendlichen schauen nun ebenfalls zu den Mädchen hinüber. Dann steht einer nach dem anderen umständlich auf und wankt zum Weg. Dort stellen sie sich nebeneinander auf.

„Die sind ja besoffen“, stellt Maike fest.

„Ja, hackezu“, pflichtet ihr Conny bei.

„Was machen wir nun?“, fragt Maike. „Sieht so aus, als wollten sie uns nicht vorbeilassen.“

Die Mädchen bringen ihre Ponys zum Stehen und schauen unschlüssig zu den Jugendlichen hinüber.

Einer von ihnen, ein langer Kerl mit Ziegenbärtchen und fettigen Haaren, nimmt seine Zigarette aus dem Mundwinkel, deutet mit ihr lachend auf Alex und sagt mit schwerer Zunge: „Was hast du denn für komische Schuhe zum Reiten an? Bist du denn noch zu klein für richtige Reitstiefel?“

Seine Kumpel grölen und lachen, wobei sie fast das Gleichgewicht verlieren.

„Bestimmt nicht!“, schreit Alex wütend, „aber dass ihr Milchgesichter ganz offensichtlich noch keinen Alkohol vertragt, sieht jeder. Was kippt ihr denn da überhaupt für ein lausiges Gesöff in euch rein? Ihr habt ja wohl keine Ahnung. Genauso wenig wie mit Pferden, sonst hättet ihr sie nicht mit den Zügeln angebunden!“

„Alex, halt die Klappe, ja?“, zischt ihr Jessica zu.

„Aber ich hab doch Recht, oder?“, verteidigt sich Alex.

„Was das Anbinden von Pferden anbelangt, schon“, muss Jessica zugeben, „aber von Bier verstehe ich nichts und du ja wohl auch nicht, oder?“

„Stimmt“, grinst Alex.

„Ich fände es besser, wenn du die Typen nicht wütend machen würdest“, sagt Jessica und mustert die Jugendlichen der Reihe nach. Sie findet, dass sie aussehen, als ob sie nicht mit sich spaßen ließen. Vor allem der kräftige Kleine in der schwarzen Lederjacke sieht richtig Furcht einflößend aus.

„Was hast du da gerade gesagt, du freche Rotznase“, lallt der mit den fettigen Haaren und geht mit vor der Brust verschränkten Armen langsam auf die Reiterinnen zu. Jessica vermutet, dass er der Anführer der Gruppe ist, denn die anderen folgen ihm auf dem Fuß.

„Vielleicht solltest du dir mal die Ohren putzen, du blöder Affe!“, schreit Alex.

„Pass bloß auf, du Miststück!“, brüllt der Anführer. Er holt in einer blitzschnellen Bewegung, die die Mädchen ihm in seinem betrunkenen Zustand gar nicht zugetraut hätten, mit dem rechten Arm aus und schleudert seine Bierflasche mit voller Wucht in Alex’ Richtung. Glücklicherweise lässt er sie zu spät los und die Flasche zerschellt nur wenige Meter vor seinen eigenen Füßen. Trotzdem macht Amica erschrocken einen Satz zurück. Auch Schneeflocke und Gringo scheuen, während Norris sich mit dem missmutigen Anlegen seiner Ohren begnügt.

„Üben, üben!“, macht sich Alex über den Jugendlichen lustig, aber Jessica fällt auf, dass sie ziemlich blass geworden ist. Als ein weiterer Junge mit seiner Bierflasche ausholt, ruft Jessica:

„Nichts wie weg!“

Sie schaut sich hastig nach dem besten Fluchtweg um, denn der eigentliche Weg wird ja von den Jugendlichen versperrt, die nun schon bis auf ungefähr zwanzig Meter heran sind. Links von ihnen liegt ein abgeernteter, bereits umgepflügter Acker mit tiefen Furchen, rechts ist die Wiese mit dem Baum, an dem die Pferde der Jugendlichen angebunden sind. Jessica entscheidet sich blitzschnell für die Wiese und gibt mit den Zügeln nach. Sofort rennt die verängstigte Amica los, weg von den Jungen und auf den Baum mit den angebundenen Pferden zu. Jessica sieht sich um und stellt erleichtert fest, dass ihr die drei anderen Mädchen folgen. Die Jungen stolpern ihnen brüllend hinterher.

Jessica jagt in einem weiten Bogen um den Baum herum zum Weg zurück. Schneeflocke ist immer noch dicht hinter ihr, doch der Abstand zu Gringo hat sich bereits vergrößert und Norris liegt noch weiter hinten. Als Jessica sich nach den Jugendlichen umblickt, durchzuckt sie ein eisiger Schreck: Die vier haben ihre Pferde losgebunden und springen mit einem einzigen Satz auf ihren Rücken. Bloß der Kleine mit der Lederjacke braucht die Steigbügel, um auf seinen Braunen hinaufzukommen. Ungeduldig beugt sich der Anführer zu ihm hinunter und packt ihn am Kragen, um ihn vollends in den Sattel zu hieven. Dabei verliert er in seinem Rausch fast das Gleichgewicht und wäre um ein Haar heruntergefallen. Jessica hätte bei diesem Anblick normalerweise gelacht, aber jetzt hat sie viel zu viel Angst, um das Ganze lustig zu finden.

Die Jugendlichen setzen den Mädchen nach. Da ihre Pferde viel schneller sind als die Ponys, kann sich Jessica leicht ausrechnen, dass sie zumindest Alex auf ihrem langsamen Norris bald eingeholt haben werden. Wenn sie nur wüsste, was sie tun soll. Aus Amica das Äußerste herausholen, in der Hoffnung, bald auf den nächsten Posten zu treffen und dort Alarm schlagen zu können? Oder bei Alex bleiben, um ihr irgendwie zu helfen?

Wieder schaut sie sich um und sieht voller Entsetzen, dass der Typ mit dem schnellsten Pferd Alex bereits eingeholt hat. Soeben streckt er seine Hand nach ihrem Rucksack aus. Alex weicht seinem Griff mit einer Körperdrehung aus. Sie lässt die Zügel los, krallt sich am Sattel fest und kickt verzweifelt mit dem Fuß nach seinem Pferd, das Zentimeter um Zentimeter näher kommt. Als der Kerl sie wieder zu fassen versucht, lässt Alex mit einer Hand den Sattel los und versetzt ihm einen Schlag gegen den Arm. Der Jugendliche beginnt zu grinsen, als würde es ihm gefallen, dass Alex sich wehrt. Jetzt gelingt es ihm, sie an der Jacke zu packen. Er versucht, Alex von Norris' Rücken zu zerren, doch sie hält sich eisern am Sattel fest.

Jessica ist verzweifelt. Lange kann das nicht mehr gut gehen, denn das Pferd des Anführers ist bereits dabei, Norris auf der anderen Seite zu überholen.

Die Jungen können doch nicht ernsthaft wollen, dass Alex in vollem Galopp vom Pferd stürzt, oder? Nicht auszudenken, was dabei passieren könnte!

„Lasst sie in Ruhe!", brüllt Jessica so laut sie kann nach hinten, doch die Verfolger beachten sie nicht.

Da versucht Jessica anzuhalten. Sie muss ihrer Freundin jetzt einfach helfen, auch wenn sie noch nicht weiß, wie. Amica wird langsamer, aber durchparieren lässt sie sich nicht. Schneeflocke zieht an ihr vorbei, dann ist Gringo neben ihr.

„Wir müssen Alex helfen!“, schreit Jessica und sieht Maike schwach nicken.

Amica wird noch langsamer und fällt endlich in Trab. An Alex’ lauter werdendem Gezetere hört sie, dass die anderen näher kommen. Alex beschimpft die Jugendlichen mit den schlimmsten Wörtern, die ihr einfallen. „Verpiss dich endlich, du blöder Hammel“, brüllt sie jetzt und stößt mit dem Fuß erneut nach dem Pferd des Jungen, der ihre Jacke gepackt hat. Diesmal trifft sie das Pferd an der empfindlichen Nase. Mit einem schrillen Wiehern reißt das Tier den Kopf hoch und macht einen Satz zur Seite. Der Jugendliche verliert einen Steigbügel und wird fast aus dem Sattel geschleudert. Er lässt Alex los, umklammert den Hals seines Pferdes und versucht sich wieder aufzurichten. Doch es bleibt bei dem Versuch, denn er rutscht wie ein Mehlsack, den man nicht richtig festgebunden hat, unaufhaltsam zur Seite. Schließlich gibt er auf und lässt sich auf den Boden plumpsen. Weil er dabei die Zügel losgelassen hat, sucht sein Pferd buckelnd das Weite.

„Geschieht dir recht, du Stinkwanze!“, ruft Alex schadenfroh und zeigt dem Gestürzten den erhobenen Mittelfinger. „Hoffentlich hast du dir sämtliche Rippen gebrochen!“

Der ziegenbärtige Anführer der Bande, der die Hand auch schon nach Alex ausgestreckt hatte, lässt von ihr ab und kehrt zu seinem gestürzten Kameraden um. Er rutscht vom Rücken seines Pferdes und hilft seinem Freund umständlich auf die Beine. Schwankend stützen sie sich gegenseitig und zeigen den Mädchen drohend die Fäuste. Der Pickelgesichtige und der Kleine in der Lederjacke haben die Jagd auf die Mädchen ebenfalls aufgegeben und versuchen stattdessen, das entlaufene Pferd ihres Freundes einzufangen.

Die Mädchen galoppieren erleichtert davon. Ihre Ponys keuchen und schwitzen, aber sie trauen sich vorerst nicht langsamer zu reiten. Erst als der nächste Posten in Sichtweite und von den Jugendlichen immer noch nichts zu sehen ist, parieren sie durch zum Schritt.

„Uff, das war knapp“, sagt Maike. Sie sieht erschöpft aus, doch ihre Augen strahlen. Sie liebt Abenteuer, allerdings nur, wenn sie gut ausgehen.

Alex dagegen kocht vor Zorn. „Ich fand es total feige von euch, einfach abzuhauen“, faucht sie. „Ihr wisst genau, dass Norris nicht schnell ist.“

„Als wir gesehen haben, dass der Typ dich gepackt hat, wollten wir dir helfen“, verteidigt sich Jessica, „aber bevor wir umdrehen konnten, hast du ihn ja schon aus dem Sattel gekickt.“

Alex schnaubt verächtlich durch die Nase. „Und das soll ich dir abkaufen?“

„Es stimmt aber“, sagt Maike, „ob du's nun glaubst oder nicht.“

„Auf jeden Fall warst du klasse“, sagt Conny. In ihrer Stimme schwingt echte Bewunderung mit. „Ich glaube, ich hätte aufgegeben und die Kerle um Gnade angefleht.“

Connys Worte wirken Wunder. Alex' Wut verschwindet nahezu augenblicklich. Stattdessen streckt sie stolz das Kinn in die Höhe. „Wenigstens eine, die meine Leistung gebührend bewundert“, sagt sie. „Conny, hättest du vielleicht Lust, mit mir ein Team zu bilden? Ich glaube, wir zwei wären unschlagbar.“

Die Mädchen beginnen zu lachen, wodurch sich die Spannung zwischen ihnen vollends löst.

Die Wippe

Am nächsten Posten werden die Mädchen von einer Frau und einem Mann empfangen. Die vier Freundinnen versuchen ihnen mitzuteilen, was gerade geschehen ist, aber in ihrer Aufregung gerät ihr Bericht zu einem wilden Durcheinander.

„Langsam, langsam“, sagt der Mann beschwichtigend und hebt lachend die Hände. „Eins nach dem anderen und nicht alle gleichzeitig, ja?“

Jessica, Conny und Maike überlassen das Erzählen nun hauptsächlich Alex. Die Frau, die vielleicht fünfzig Jahre alt ist und einen dicken wollenen Umhang trägt, hört wie gebannt zu und schüttelt immer wieder fassungslos den Kopf. Der Mann, der etwa im gleichen Alter ist wie die Frau und mit seinem grünen, dicken Filzmantel und dem dazu passenden Hut einem Jäger ähnelt, kneift die ganze Zeit über die Augenbrauen zusammen. Als Alex fertig ist, nimmt er seine Brille von der Nase und putzt sie nachdenklich mit einem großen Taschentuch. Dann setzt er sie wieder auf und schaut die Mädchen der Reihe nach an.

„Das ist ja ein Ding!“, sagt er entrüstet. „Wisst ihr denn, wie die Jugendlichen heißen?“

„Nein", sagt Alex. „Aber wir wissen, dass sie die Startnummern sechs und acht hatten."

„Sechs und acht?", wiederholt die Frau und schaut auf ihre Liste. „Das müssten Maximilian Felder, Jens Kober, Dirk Löffler und Heiko Stanzel sein. Die sind tatsächlich noch nicht hier gewesen."

„Heiko Stanzel!", wiederholt der Mann den letzten Namen und schüttelt verärgert den Kopf. „Ich glaube, seinetwegen gab es schon öfter Beschwerden." Er wendet sich wieder an die Mädchen. „Ihr sagt, sie haben getrunken?"

„Und wie", sagt Alex. „Die saßen praktisch auf einem Berg von leeren Bierflaschen."

„Na ja, ein Berg war's nicht gerade", verbessert sie Conny.

„Doch", sagt Alex dickköpfig. „Die waren so blau, dass sie nur noch lallen und schon gar nicht mehr richtig reiten konnten. Am meisten tun mir ihre Pferde Leid. Die Idioten waren so grob zu ihnen! Sie hätten mal sehen sollen, wie sie ihnen die Sporen in die Rippen gehauen und an den Zügeln gerissen haben!"

Während Alex weiterschimpft, holt die Frau ein Handy aus ihrer Jackentasche und tippt eine Nummer ein. Sie wartet, bis sich jemand meldet, dann gibt sie in knappen Worten durch, was die Mädchen soeben erzählt haben.

„Okay", sagt sie düster zu dem Mann, als sie das Handy wieder in ihrer Jacke verstaut hat, „für Heiko und seine Bande ist der Postenritt zu Ende. Wir sollen ihnen einen gebührenden Empfang bereiten, wenn sie hier auftauchen. Falls sie sich überhaupt getrauen, den Ritt fortzusetzen, was ich stark bezweifle." Dann wendet sie sich wieder den Mädchen zu, und ihr Gesicht nimmt wieder einen freundlichen Ausdruck an. „So, jetzt aber zu euch. Welche Startnummern habt ihr denn?"

„Zwölf und dreizehn", sagt Jessica.

„Ihr habt wohl aufeinander gewartet, was?"

Die Mädchen nicken verlegen.

„Das haben wir früher auch immer so gemacht, nicht wahr, Sigi?"

Die Frau lächelt und schaut den Mann neben ihr an.

Der Mann schaut zum Himmel, als ob dort die Antwort geschrieben stünde, spitzt die Lippen und sagt: „Ömmh … nicht, dass ich wüsste …"

Die Frau lacht leise vor sich hin. „Soso. Na ja, machen wir mal weiter." Sie sucht auf ihrer Liste nach den Nummern. „Ihr seid also Alexandra, Maike, Cornelia und Jessica. Stimmt das?"

Die Mädchen nicken.

„Gut. Nun zu eurer Aufgabe. Seht ihr die Wippe dort?"

Die Wippe, auf die die Frau zeigt, ist ein langes, breites Brett, das in der Mitte auf einem kurzen Baumstamm aufliegt.

„Jede von euch hat zwei Minuten Zeit, über die Wippe zu reiten. Wer fängt an?"

Die Mädchen beratschlagen kurz. Sie wollen auf jeden Fall vermeiden, dass das erste Pony verweigert und den anderen ein schlechtes Beispiel gibt. Ihre Wahl fällt schließlich auf Maike mit Gringo.

Der Mann sagt „Los!" und drückt auf seine Stoppuhr. Maike reitet beherzt auf die Wippe zu, doch kurz vor dem Brett bleibt Gringo stehen. Zum Glück reagiert Maike richtig und lässt ihrem Pony Zeit, das Hindernis zu betrachten. Sie lässt die Zügel durch die Finger gleiten, als Gringo mit gespitzten Ohren den Kopf senkt, um an dem Brett zu schnuppern. Sie tätschelt ihm den Hals und redet ihm gut zu. Gringo stellt vorsichtig ein Bein auf das Brett und schnuppert wieder. Maike beginnt sachte zu treiben. Gringo macht noch einen Schritt, noch einen …

Jessica schaut auf die Uhr. Noch dreißig Sekunden!

Jetzt ist Gringo in der Mitte angelangt. Das Brett beginnt sich zur anderen Seite zu neigen. Gringo bleibt erschrocken stehen, doch weil Maike sich nun vorlehnt, senkt sich das vordere Ende des Bretts vollends auf den Boden. Als es mit einem leisen „Plopp“ aufkommt, läuft Gringo endlich weiter. Mit einem kleinen Satz landet er im Gras.

„Juhuuu!“, schreien die Mädchen begeistert. „Gut gemacht, Maike!“

„Eine Minute, sechsundvierzig Sekunden“, sagt der Mann und die Frau schreibt die gestoppte Zeit hinter Maikes Namen.

Als nächstes versucht Alex ihr Glück, doch Norris geht nicht über die Wippe, da kann Alex machen, was sie will. Conny geht es nicht besser, denn auch Schneeflocke weigert sich, das Brett zu betreten.

Als Letzte ist Jessica an der Reihe. Nach langem beruhigendem Zureden hat sie Amica endlich soweit, dass sie die Wippe hinaufgeht, doch als das Brett in der Mitte zu schwanken beginnt, legt die Stute erschrocken die Ohren an und stemmt sich nach hinten. Jessica bekommt es mit der Angst zu tun. Was, wenn die Stute nun scheut? Wenn sie rückwärts geht und vom Brett abrutscht?

Doch Amica macht etwas ganz anderes: Mit einem langen Satz springt sie schräg nach vorn, herunter vom Brett und auf den sicheren Boden. Jessica, die darauf überhaupt nicht gefasst war, bleibt hinter dem Sprung zurück, wird in die Höhe katapultiert, verliert in der Luft die Steigbügel und landet wenig elegant mit dem Hinterteil auf dem Boden. Zum Glück hat sie die Zügel nicht losgelassen, so dass Amica nicht weglaufen kann.

Während sich Jessica aufrappelt und sich Gras und Erde von der Reithose klopft, hört sie die anderen lachen.

Die Frau kommt zu ihr gelaufen und sagt halb belustigt, halb besorgt: „Hast du dir weh getan?“

Jessica schüttelt den Kopf. Sie ist sauer auf sich, weil sie heruntergefallen ist, und sauer auf die anderen, weil sie sie ausgelacht haben. Wenigstens ist die nächste Gruppe noch nicht aufgekreuzt. Liebe Güte, wenn Sofie das gesehen hätte …

Die Stimme des Mannes reißt Jessica aus ihren Gedanken.

„Was machen wir jetzt?“, fragt er. „Sollen wir das werten? Das Pferd hat das Hindernis innerhalb der angegebenen Frist zwar überwunden, ist aber eigentlich nur zur Hälfte drübergegangen.“

Die Frau zuckt mit den Schultern. Dann sagt sie: „Was hältst du davon, die halbe Punktzahl zu vergeben?“

„Hm. In Ordnung. Ich denke, das ist fair.“

Die Frau notiert das Ergebnis, dann sagt sie: „So, ihr seid fertig und könnt weiterreiten. Macht aber langsam, damit sich eure Ponys wieder ein bisschen erholen können, ja? Die Armen sind ja immer noch ganz verschwitzt.“

Die Mädchen nicken. Sie haben sowieso nicht vorgehabt, schnell zu reiten.

„Die Aufgabe mit der Wippe war viel zu schwer“, sagt Conny nach einer Weile.

„Und gefährlich“, fügt Jessica hinzu.

„Finde ich nicht“, grinst Maike.

„Du hast ja auch gut reden“, sagt Alex. „Mit Gringo könnte ja sogar ein Affe die Aufgabe lösen.“

„Hehehe!“, empört sich Maike. „Ein bisschen Anerkennung von meiner Partnerin hätte ich mir schon gewünscht.“

„Okay, okay, du warst besser als ein Affe“, sagt Alex. „Aber nur so viel.“ Sie hebt die rechte Hand und bringt

Daumen und Zeigefinger so eng zusammen, dass nur noch ein winziger Spalt dazwischenliegt.

Nach und nach verebbt das Gespräch zwischen den Mädchen. Stumm sitzen sie auf den schaukelnden Rücken ihrer Ponys und schauen sich immer wieder um, obwohl ihnen die Frau beim letzten Posten versichert hat, dass die Jugendlichen ihnen garantiert nicht mehr nachstellen werden.

Doch dann, als Maike den nächsten Posten entdeckt, ist ihre Angst wie weggeblasen.

Dieses Mal besteht die Aufgabe darin, mit einem langen Haken vom Pferderücken aus in möglichst kurzer Zeit fünf Gummiringe vom Boden aufzusammeln. Hierbei ist Jessica am schnellsten, gefolgt von Conny und Maike. Alex, die am längsten gebraucht hat, schimpft mal wieder über ihr träges, faules Pony. Jessica lächelt. Im Grunde mag Alex den gutmütigen Norris, davon ist sie überzeugt, denn sonst würde Alex ihm während ihrer Flucherei nicht ständig den Hals klopfen.

Weiter geht es zum nächsten Posten. Dort müssen die Mädchen vom Pferderücken aus dreimal hintereinander mit einem Ball in einen Basketballkorb treffen. Norris bleibt ganz ruhig stehen, während Alex wirft, weshalb das sportliche Mädchen die Aufgabe mit nur drei Würfen erfüllt. Jessica und Conny haben es schwerer, Schneeflocke und Amica ruhig zu halten. Trotzdem haben die beiden nur zwei Fehlversuche. Das schlechteste Ergebnis hat Maike. Zwar macht Gringo nicht den kleinsten Mucks, aber Maike ist keine talentierte Werferin, und so benötigt sie vierzehn Versuche, bis sie drei Treffer erzielt hat. Nach dem sechsten Fehlwurf hält sich Alex die Augen zu, weil sie angeblich befürchtet, einen Herzinfarkt zu bekommen.

„Vielleicht hätten wir fragen sollen, ob Gringo für dich werfen darf“, sagt sie hinterher. „Der hätte wahrscheinlich besser getroffen als du.“

Dann kommt ein Posten, wo die Mädchen um zehn Stangen herum Slalom reiten und dann so schnell wie möglich zur Startlinie zurückkehren müssen. Dabei sind die beiden schnellen und wendigen Ponys Amica und Schneeflocke die besten. Gringo braucht für den Slalom ziemlich lange. Im Schritt umkurvt er bedächtig und vorsichtig alle Stangen, aber er galoppiert wenigstens in einem flotten Tempo zurück. Norris ist so langsam und faul wie immer und wirft zu allem Überfluss auch noch drei Stangen um, was natürlich Punktabzug gibt. Und über einen schleppenden Trab zur Startlinie kommt er auch nicht hinaus.

„Sag ja nichts", sagt Alex mit rotem Kopf zu der schadenfroh grinsenden Maike.

Als die Dächer von Hirschberg am Horizont auftauchen, holt Jessica noch einmal ihre Landkarte heraus. „Wir brauchen noch rote Schleifen", sagt sie.

„Vielleicht hängen die wieder an einem Baum", sagt Maike. „Wie die Papierblüten."

Doch die Mädchen finden nirgendwo einen Baum oder Busch oder etwas Ähnliches mit roten Schleifen, so aufmerksam sie sich auch umschauen.

„Tja, wahrscheinlich haben wir die Schleifen schon viel früher irgendwo übersehen", vermutet Conny, als sie bereits an den ersten Häusern vorbeireiten.

Auf den Straßen und in den Gärten ist nun bedeutend mehr los als am frühen Morgen: Eine Frau schiebt einen Kinderwagen vorbei. Ein kleiner Junge flitzt mit seinem Dreirad kreuz und quer über die Straße, bis er die Reiterinnen entdeckt und sich ängstlich in eine Garageneinfahrt flüchtet. Ein Mann mit einer lustigen Pudelmütze führt seine beiden Dackel spazieren, die laut zu kläffen beginnen, als sie die Ponys bemerken.

Vor einem Garten, in dem eine Frau ihre verblühten Rosen schneidet, hält Alex plötzlich an.

„Hallo!“, ruft Alex so laut, bis die Frau sie hört und sich zu ihr umdreht. Auch Jessica, Conny und Maike haben Alex rufen hören und bringen ihre Ponys zum Stehen.

„Nanu, was will sie denn von der Frau?“, fragt Maike.

„Wahrscheinlich fragt sie nach dem Weg“, vermutet Conny.

„Aber den kennen wir doch“, sagt Jessica.

„Oder vielleicht muss sie aufs Klo“, mutmaßt Conny nun.

Inzwischen ist die Frau zum Gartenzaun gekommen und blickt Alex fragend an. Sie ist noch jung und macht einen sehr netten Eindruck.

Alex räuspert sich. „Wir machen beim Postenritt mit“, sagt sie, „und brauchen dringend noch eine rote Schleife. Ich meine, äh, …, guten Tag!“

Die Frau ist sichtlich amüsiert. „Auch guten Tag“, sagt sie und beugt sich über den Zaun, um die anderen Mädchen besser sehen zu können. „Wie war das? Ihr braucht rote Schleifen?“

„Ja. Ganz dringend“, sagt Alex und ringt die Hände. „Haben Sie vielleicht welche da?“

„Nein, ich glaube nicht“, sagt die Frau.

„Wir geben Ihnen auch was dafür. Ich glaube, ich hab noch einen Müsliriegel, und Conny hat selbst gebackene Pferdekekse dabei.“

„Pferdekekse! Das ist natürlich ein tolles Angebot“, sagt die Frau und kann sich nun kaum mehr das Lachen verbeißen. „Das Einzige, was ich euch vielleicht anbieten könnte, ist rote Wolle. Würde das gehen?“

„Das wäre megaaffengeil!“, rutscht es Alex heraus. Rasch verbessert sie sich: „Äh, ich meine, das wäre ganz ausgezeichnet.“

Die Frau geht lachend ins Haus und erscheint kurze Zeit später mit einem kleinen Wollknäuel in der Hand wieder.

„Hier, den könnt ihr haben. Ganz umsonst.“

„Toll! Sie sind echt klasse!“, sagt Alex und nimmt den Knäuel strahlend entgegen.

Während sie weiterreiten, reißt Alex lange Fäden ab und verteilt sie an ihre Freundinnen. Die Mädchen binden sie zu Schleifen und stecken sie zu ihren anderen Sachen in die Rucksäcke.

Die verlorene Karte

Hinter der Ochsenscheune stehen bereits die Ponys von Isa und Tabea, zwei anderen Mädchen vom Ponyhof Wiesental, und begrüßen ihre Stallgefährten mit einem freudigen Wiehern. Jessica fällt sofort auf, dass Isa und Tabea ihre Ponys abgesattelt haben: Sättel und Zaumzeuge hängen etwas abseits über dem Zaun, die verschwitzten Satteldecken sind zum Trocknen darüber ausgebreitet. Isa und Tabea sind leider nirgends zu sehen. Jessica hätte es brennend interessiert, wie es den beiden ergangen ist.

Die Mädchen loben ausgiebig ihre braven Ponys, dann rutschen sie müde von ihren Rücken.

„Autsch, mein verstauchter Fuß!", schreit Alex auf. „Der ist beim Reiten total steif geworden. Aaah, ich kann ja kaum mehr auftreten."

Sie zeichnet mit dem Fuß kleine Kreise in der Luft, dann macht sie ein paar vorsichtige Schritte.

„Mir tun die Knöchel weh", klagt Maike. „Dass man beim Reiten aber auch ständig die Fußspitzen nach innen gedreht und die Absätze tief haben muss ..."

Jessica lächelt schief. „Mir geht's auch nicht besser", sagt sie und befühlt vorsichtig ihren Po. „Mein Hintern fühlt sich an wie ein einziger blauer Fleck."

Während ihre Freundinnen jammern, holt Conny die Tüte mit den Pferdekeksen hervor und verteilt sie unter den Ponys.

„Was meint ihr, sollen wir auch absatteln?“, fragt sie. „Immerhin dauert es noch ganz schön lang bis zur Siegerehrung.“

„Guter Vorschlag“, sagt Alex. „Der könnte glatt von mir sein.“

Damit die Ponys beim Abnehmen der Zaumzeuge nicht weglaufen können, schnallen die Mädchen ihnen zunächst die Stallhalfter um die Hälse und binden sie mit den Führstricken an. Die Sättel, Zaumzeuge und Satteldecken legen sie über den Zaun. Dann fragen sie ein Mädchen auf einem struppigen Pony, was sie als Nächstes tun müssen. Es schickt sie in die Scheune zu dem Tisch, an dem sie am Morgen ihre Losnummern abgegeben haben.

Zu Jessicas größter Freude sitzt Ute an dem Tisch. Als Ute die vier Mädchen sieht, springt sie auf und eilt ihnen mit teils besorgter, teils erleichterter Miene entgegen.

„Da seid ihr ja endlich! Seid ihr okay? Ist euch auch nichts passiert? Seid ihr wirklich von Heiko und seiner Bande belästigt worden? Ein Posten hat den Vorfall gemeldet. Waren die Jungs tatsächlich betrunken?“

Die Mädchen beantworten jede Frage mit einem Nicken. Dann erzählt Alex nochmal in allen Einzelheiten, was geschehen ist. Sie übertreibt nicht mal besonders, wie Jessica erstaunt feststellt. Als sie mit ihrem Bericht fertig ist, sagt Ute grimmig: „Wir haben die vier sofort disqualifiziert. Und in Zukunft haben sie Startverbot.“ Sie schüttelt den Kopf, als könne sie den Vorfall immer noch nicht fassen. Dann atmet sie einmal tief durch und sagt:

„Na ja, es ist ja zum Glück alles gut gegangen. Jetzt machen wir erst mal hier weiter."

Sie setzt sich wieder hin, fragt die Mädchen nach ihren Startnummern und sucht aus ihren Unterlagen das entsprechende Aufgabenpapier heraus.

„Nun, dann zeigt mir mal, was ihr alles mitgebracht habt. Alex und Maike, ihr fangt bitte mal an."

Die beiden Mädchen öffnen ihre Rucksäcke und holen nacheinander ihre mitgebrachten Gegenstände heraus: sechs Esskastanien, zwei weiße Papierblüten und zwei rote Schleifen aus Wollfäden.

„Wo habt ihr denn die her?" Ute nimmt verwundert eine der Schleifen in die Hand. Sie schmunzelt, als die Mädchen ihr die Geschichte erzählen. „Bei der Kirche stand doch ein Tisch mit rotem Geschenkband und mehreren Scheren direkt an der Straße. Habt ihr den etwa nicht gesehen?"

Als die Mädchen die Köpfe schütteln, sagt sie: „Na ja, macht nichts. Eine rote Schleife ist eine rote Schleife, auch wenn sie aus Wolle ist. Aber ein Gegenstand fehlt trotzdem noch, ihr beiden."

Alex und Maike sehen sich erschrocken an. Haben sie auf der Karte etwa ein Rätsel übersehen?

Jessica raunt ihnen zu: „Die Karte!"

„Ach so, ja", sagt Alex erleichtert. „Die Wanderkarte mit dem Loch drin. Moment mal, wo hab ich sie denn …"

Sie fährt mit der Hand in ihre Jackentaschen, aber da ist sie nicht. Sie kramt in ihrem Rucksack herum, sucht in ihren Hosentaschen, doch nirgends ist die Karte zu finden.

„Hast du sie vielleicht eingesteckt?", fragt Alex Maike.

„Ich? Ich hab die Karte nicht mal angefasst. Du musst sie haben. Schau nochmal nach."

Ute schüttelt nachsichtig lächelnd den Kopf. Jessica erwartet schon, dass sie gleich: „Das ist ja mal wieder typisch Alex“, sagt. Aber sie tut es nicht, sondern wendet sich an Jessica und Conny: „Dann mache ich eben mit euch weiter, bis die beiden die Karte gefunden haben.“

Jessica hat ihre Karte bereits in der Hand und gibt sie Ute. Ute hält sie gegen das Licht und murmelt: „Ja, das Loch ist an der richtigen Stelle.“ Dann legt sie die Karte beiseite und sagt: „Und die anderen Sachen? Habt ihr die auch?“

Jessica und Conny beeilen sich, die anderen Dinge, die sie mitbringen sollten, aus ihren Rucksäcken zu holen. Als alles auf dem Tisch liegt, macht Ute ein paar Häkchen auf ihren Zettel. Schließlich sagt sie: „Sehr schön. Alles da. Die anderen Ergebnisse wurden mir schon von den verschiedenen Posten per Handy durchgegeben.“ Sie sieht auf und lächelt. „Sieht gut für euch aus. War's schwer?“

„Manchmal schon“, sagt Jessica. „Zum Beispiel das mit der Wippe.“

„Das war doch ein Kinderspiel!“, sagt eine hochmütige Stimme hinter ihr.

Jessica dreht sich um. Da steht Sofie und hat das dünne, überlegene Lächeln aufgesetzt, das Alex normalerweise immer zur Weißglut bringt. Doch dieses Mal reagiert Alex nicht. Wahrscheinlich hat sie gar nicht gemerkt, was um sie herum vorgeht, so verzweifelt ist sie noch am Suchen.

„Ich kann sie doch nicht verloren haben“, jammert sie. „Ich hatte sie immer hier in der Jackentasche. Normalerweise kann sie da nicht herausfal ...“

Alex hält mitten im Satz inne. Sie sieht so aus, als wäre ihr gerade etwas eingefallen. „Die besoffenen Typen. Genau, dabei muss ich sie verloren haben! Als der eine mich an der Jacke vom Pferd ziehen wollte!. Dieser Mistkerl! Wenn ich den nochmal in die Finger kriege, kann er was ...“

„Ist das vielleicht deine Karte?“, flötet eine Stimme dicht hinter ihrem Ohr.

Alex fährt erschrocken herum. Sofie wedelt mit einer zerknitterten, fleckigen Fotokopie in der Luft herum. „Die hab ich unterwegs gefunden, etwa einen halben Kilometer von der Bank entfernt, wo wir unser Pausenbrot gegessen haben.“

„Zeig mal her“, sagt Alex und greift nach dem Zettel. „Tatsächlich, das ist meine Karte! Dieses Loch hab ich mit Maikes Korkenzieher reingemacht. Es ist ein bisschen groß geworden, aber sonst …“

Sie legt die Karte strahlend vor Ute auf den Tisch. Während Ute die Stelle prüft, an der sich das Loch befindet, zischt Sofie Alex zu: „Du könntest dich wenigstens bei mir bedanken.“

Alex zuckt mit den Schultern. „Von mir aus. Danke“, sagt sie, aber irgendwie hört es sich nicht sonderlich dankbar an.

„Da hast du aber ein riesiges Loch gemacht“, sagt Ute lachend und steckt ihren Zeigefinger hinein. „Da kann man ja gar nicht sehen, welche Stelle du eigentlich markieren wolltest.“

„Ich habe an der gleichen Stelle hineingestochen wie Jessica“, versichert Alex.

„Das ist schon möglich“, sagt Ute, „aber ich muss euch leider trotzdem ein paar Punkte abziehen.“

Alex versucht Ute umzustimmen, doch Ute bleibt hart. „Ihr seid jetzt fertig“, sagt sie schließlich. „Jetzt geht mal zur Seite und lasst Michael und Sofie zu mir her.“

Die Mädchen gehorchen, aber sie entfernen sich nur ein paar Schritte und schauen gespannt zu, was Michael und Sofie vor Ute alles ausbreiten. Weiße Papierblüten sind nicht dabei. Maike grinst und gibt Alex mit dem Ellenbogen einen leichten Knuff in die Seite, der wohl so etwas wie „Wenn die wüssten …“ bedeuten soll. Aber Alex grinst nicht. Jessica findet, dass sie sogar irgendwie gereizt aussieht.

„Wieso musste ausgerechnet Sofie meine Karte finden?“, flüstert Alex. „Und dann gibt die dumme Kuh sie mir auch noch zurück! Jetzt kann ich mich über unseren Streich überhaupt nicht mehr freuen. Richtig gemein komme ich mir vor. Wisst ihr, wie ich das meine? Sofie ist auf einmal die Nette und ich bin die Böse.“

Jessica nickt. Sie kann Alex sehr gut verstehen.

Ute hat inzwischen den Zettel mit Michaels und Sofies Namen gefunden und wendet sich nun den mitgebrachten Dingen zu. Wieder nimmt sie zuerst die Landkarte und hält sie gegen das Licht.

„Übrigens“, fängt Michael an, „was den Apfelbaum und die Blüten anbelangt …“

In diesem Moment geht durch Alex ein Ruck, als sei sie plötzlich zu einem Entschluss gekommen. Blitzschnell greift sie in ihren Rucksack, holt zwei Papierblüten heraus und schmuggelt sie, noch bevor Michael seinen Satz beendet hat, zu den anderen Sachen auf den Tisch. Michael und Sofie wenden sich mit überraschten Gesichtern zu ihr um, sagen aber nichts.

„Jetzt kannst du dich bei mir bedanken“, sagt Alex so leise zu Sofie, dass es Ute nicht hören kann.

„Danke“, zischt Sofie, doch es klingt genauso wenig dankbar wie bei Alex.

„Los, kommt mit, bevor ich heule“, sagt Alex und winkt ihre drei Freundinnen zu sich. Sie gehen langsam um die Scheune herum zu ihren Ponys.

„Unser schöner Streich“, mault Maike. „Jetzt war die ganze Aufregung umsonst. Wieso hast du überhaupt zwei Blüten mehr gehabt?“

„Weil wir von den nächsten Reiterinnen überrascht

wurden, bevor ich mit dem Aufhängen fertig war“, sagt Alex düster. „Ich hab sogar noch eine übrig. Hätte ich sie bloß weggeworfen.“

Die Preisverleihung

Beim Anblick der Ponys, die mit Hingabe das saftige Gras neben dem Zaun fressen, bekommen die Mädchen Hunger. Sie setzen sich neben die Tiere auf den Boden, verspeisen ihre Äpfel und Müsliriegel und leeren ihre Plastikflaschen mit Tee, die sie die ganze Zeit über in ihren Rucksäcken mitgeschleppt haben.

„Sollten wir den Ponys eigentlich nicht auch was zu trinken geben?“, fragt Conny.

Sie beschließen Michael zu fragen, der sich ganz in der Nähe mit einem Reiter unterhält. Eigentlich wären sie ihm ja lieber für den Rest des Tages aus dem Weg gegangen, aber das hätte wahrscheinlich sowieso nicht geklappt. Jessica hat ein flaues Gefühl im Magen, das sich verstärkt, je mehr sich Michaels Gespräch mit dem Reiter in die Länge zieht. Bildet sie es sich nur ein, oder beachtet Michael sie und ihre Freundinnen absichtlich nicht?

Endlich ist das Gespräch beendet und die Mädchen können ihr Anliegen vorbringen.

„Ich kümmere mich gleich um die Ponys, keine Sorge“, sagt Michael. Und dann kommt die gefürchtete Frage:

„Könntet ihr mir jetzt vielleicht mal erklären, was das mit den Blüten zu bedeuten hatte?"

Jessica, Conny und Maike schauen Alex an. Sie finden, dass es ihre Aufgabe ist, Michael alles zu beichten.

Alex fängt die Blicke auf. Sie weiß genau, was die Mädchen von ihr wollen, und beißt unschlüssig auf ihrer Unterlippe herum. Schließlich sagt sie: „Versprichst du mir, nicht böse zu sein und niemandem etwas zu verraten?"

Michael lächelt. „Ich verspreche es."

„Auch nicht deiner Mutter? Oder gar Sofie!"

„Abgemacht."

„Also gut." Alex holt tief Luft und erzählt Michael von ihrem Streich. Zum Glück ist Michael den Mädchen überhaupt nicht böse. Im Gegenteil, er amüsiert sich köstlich und muss immer wieder lachen.

„Wir haben das aber nur wegen Sofie getan und nicht wegen dir", versichert ihm Alex zum Schluss. „Dich finden wir nämlich schwer in Ordnung."

„Da bin ich aber froh", sagt Michael schmunzelnd. „Und ich glaube, ich weiß auch, warum du uns die Blüten nachher doch noch untergeschmuggelt hast: weil Sofie dir die Landkarte zurückgegeben hat, stimmt's?"

„Ja."

„Nun, das hat sie nur getan, weil ich sie dazu aufgefordert habe."

„Echt?" Alex schließt die Augen, legt sich die Hände auf den Kopf und sagt mit Nachdruck: „O Mist! Wenn ich das gewusst hätte …"

Nachdem Alex den Schock einigermaßen überwunden hat, helfen die Mädchen Michael beim Tränken der Ponys. Dann unterhalten sie sich mit den anderen Mädchen vom Ponyhof, die nach und nach eintrudeln und ebenfalls ihre Ponys versorgen.

Die Sonne ist bereits am Untergehen, als endlich jemand alle Teilnehmerinnen und Teilnehmer zur Siegerehrung in die Scheune ruft.

Die vier Freundinnen setzen sich wieder an den gleichen Tisch, an dem sie am Morgen gefrühstückt haben. Obwohl Jessica weiß, dass der pickelgesichtige Junge und seine Bande disqualifiziert wurde, schaut sie sich verstohlen nach ihnen um. Zu ihrer großen Erleichterung sind sie nirgends zu entdecken.

Als Herr Lubitz zusammen mit Ute auf die Bühne steigt, hört das allgemeine Gemurmel schlagartig auf. Nach einer ziemlich langweiligen Einleitung, in der Herr Lubitz feststellt, wie großartig alle Reiterinnen und Reiter abgeschnitten hätten und in der er sich bei allen Helferinnen und Helfern ganz herzlich bedankt, kommt er endlich zur Siegerehrung. Er deutet auf den Tisch mit den Pokalen und Preisen und sagt: „So, nun will ich euch aber nicht länger auf die Folter spannen." Er holt eine Brille aus der Brusttasche seines Jacketts und setzt sie sich auf die Nase. Dann faltet er ein Blatt Papier auseinander, räuspert sich und liest: „Den ersten Preis gewinnen mit 98 Punkten …", er macht eine Pause und schaut über die Brille hinweg lächelnd in die gespannten Gesichter der Mädchen und Jungen an den Tischen, „ … Sofie Nägele und Michael Winterhalter vom Ponyhof Wiesental!"

Alle Mädchen vom Ponyhof mit Ausnahme von Jessica, Alex, Maike und Conny springen auf, jubeln und klatschen stürmisch Beifall.

Jessica wirft einen raschen Blick auf Alex. Das Mädchen sitzt mit zusammengekniffenen Lippen wie versteinert da.

„Hätte ich bloß Sofie die Blüte nicht gegeben", sagt Alex, während sie mit starrem Blick zur Bühne schaut, wo die strahlende Sofie und der etwas verlegen wirkende Michael von Ute soeben zwei Urkunden und die beiden größten Pokale überreicht bekommen. „Dass aber auch ausgerechnet Sofie meine Landkarte gefunden hat!“

„Wenn du schon Sofie den ersten Platz nicht gönnst, dann freu dich doch wenigstens für Michael“, sagt Jessica.

„Tu ich ja auch“, brummt Alex.

„Ich bin froh, dass wir nicht gewonnen haben“, sagt Conny und versucht eine gleichgültige Miene zu machen. „In meinem kleinen Zimmer hätte so ein riesiger Pokal sowieso keinen Platz.“

„Geht mir auch so“, sagt Maike mit einem neidischen Unterton in der Stimme. „Außerdem ist das Teil voll hässlich.“

Alex schnaubt. „Stimmt! Trotzdem ist der protzige Pokal erstklassig zum Angeben geeignet. Der passt so hervorragend zu Sofie wie … wie … wie ein Nachttopf unters Bett.“

Die Mädchen lachen, bis Alex ruft: „Iii! Jetzt küsst die dumme Tussi den Michael auch noch! Ist ja voll eklig!“

Tatsächlich hat Sofie in ihrer Begeisterung Michael einen Kuss auf die Backe gedrückt, weshalb Michael noch verlegener dreinschaut als zuvor.

„Wenigstens küsst er sie nicht zurück“, sagt Alex zufrieden und verschränkt voller Genugtuung die Arme vor der Brust.

Die zweiten und dritten Plätze gehen an zwei Teams aus Hirschberg. Auch sie bekommen schöne Pokale überreicht, doch das interessiert die vier Freundinnen wenig. Erst als der vierte Platz bekannt gegeben wird, springen sie unter lautem Jubel auf.

„… bitte ich Cornelia Mertens und Jessica Hagmüller zu mir auf die Bühne.“

Jessica ist so aufgeregt, dass sie, als sie über die Bank steigt, Maike aus Versehen mit dem Knie anrempelt und einem Mädchen am Nachbartisch unsanft den Ellenbogen ins Kreuz stößt.

„'tschuldigung, sorry …", sagt sie und zwängt sich zwischen den Sitzreihen hindurch. Auf der anderen Seite des Tisches macht Conny das Gleiche. Strahlend steigen die Mädchen auf die Bühne und nehmen eine Urkunde und ein Päckchen in Empfang. Während Ute ihnen noch gratuliert und die Hand schüttelt, werden bereits die Nächsten aufgerufen: „Den fünften Platz belegen mit siebenundachtzig Punkten … Alexandra Ziegler und Maike Kern! Kommt her, ihr beiden!"

„Ja!" Alex übertönt mit ihrem Jubelschrei mühelos den höflichen Applaus, der längst nicht mehr so laut ist wie bei den ersten drei Plätzen. Sie stößt triumphierend die rechte Faust in die Luft und schreit noch zweimal: „Ja! Ja!". Dann stürmt sie so ungestüm nach vorn, dass sie noch mehr Leute anrempelt als Jessica. „Los, beeil dich, heb die Hufe!", ruft sie Maike zu, die sich bedeutend rücksichtsvoller zwischen den Sitzreihen durchschlängelt.

Jessica und Conny steigen strahlend von der Bühne herab. Als die Mädchen sich auf halbem Weg begegnen, klatschen sie im Vorbeigehen die erhobenen rechten Hände gegeneinander.

Alex und Maike erhalten ebenfalls eine Urkunde und einen Preis.

Obwohl Jessica und Conny vor Neugier fast platzen, warten sie mit dem Öffnen ihrer Geschenke, bis Alex und Maike zurück sind. Dann reißen sie gemeinsam voller Ungeduld die Verpackungen auf.

„Cool, Sporen!", ruft Jessica begeistert. „Hoffentlich lässt mein Reitlehrer daheim zu, dass ich mit ihnen reite."

Conny hat auch Sporen gewonnen. Sie bewundert fast ehrfürchtig das glänzende Metall und die weichen, schwarzen Lederriemen. „Ich glaube, ich werde sie erst noch ein Weilchen aufheben, bis ich so gut reiten kann wie du, Jessica."

Inzwischen haben Alex und Maike ihre Päckchen ebenfalls geöffnet.

„Ein Führstrick!“, ruft Maike. „Ist ja megageil! Und auch noch in meinen Lieblingsfarben: Schwarz, Lila und Pink!“

Alex grinst. Auch sie hat einen Strick gewonnen, den sie nun hin und her schlenkert. „Jetzt brauch ich nur noch ein passendes Pferd dafür“, sagt sie. „Ich werd mal mit meinen Eltern reden. Wenn das nicht ein guter Grund ist, eines zu kaufen …“

Mit Interesse verfolgen die Mädchen, was die anderen gewonnen haben: Hufkratzer, Pferdebücher und -kalender, Notizblöcke. Ab dem zehnten Platz gibt es als Trostpreis Ponysticker und Bleistifte, die mit kleinen Pferdchen verziert sind.

Nachdem alle Preise vergeben sind, steht immer noch eine große Holzkiste auf dem Tisch. Herr Lubitz legt seine Hand auf den Deckel und sagt mit geheimnisvoller Miene: „Wie ich euch bei der Begrüßung bereits verraten habe, werden wir dieses Jahr zum ersten Mal einen Mannschaftspreis vergeben.“

Alex, Conny, Maike und Jessica werfen sich erstaunte Blicke zu und zucken mit den Schultern. Davon hatten sie gar nichts mitbekommen.

„Die Gruppe mit den fünf erfolgreichsten Teams wird diesen Preis gewinnen. In die Wertung kamen drei Gruppen: ‚Die Geisterreiter‘ aus Hirschberg, ‚Die donnernden Mustangs‘ vom Reitverein St. Hubertus, und ‚Die letzten Mohikaner‘ vom Ponyhof Wiesental.“

„‚Die letzten Mohikaner‘?“, wiederholt Alex ungläubig und schlägt sich mit der flachen Hand gegen die Stirn. „Ich halt's nicht aus! Wer ist denn auf diesen dämlichen Namen gekommen?“

„Ich fürchte, das war ich“, sagt Maike kleinlaut.

„Duuu?“ Jessicas, Connys und Alex’ Köpfe fahren zu Maike herum. Die drei sind völlig entgeistert.

„Sag bloß, du hast davon gewusst!“ Alex’ Worte klingen wie eine Anschuldigung.

„Nein, hab ich nicht“, verteidigt sich Maike. „Ute hat mich gestern nur gefragt, ob ich einen Namen für eine Reitergruppe wüsste, und da ist mir halt nichts Besseres eingefallen.“

„Liebe Güte! ‚Die letzten Mohikaner‘! Da hättest du lieber den Mund gehalten!“

„Immerhin heißt ein berühmtes Indianerbuch so ähnlich“, versucht sich Maike zu rechtfertigen. „Es ist vom gleichen Autor wie ‚Lederstrumpf‘ und …“

„Du und deine ollen Indianer“, unterbricht sie Alex.

„Pssst, ihr beiden, haltet jetzt endlich mal die Klappe“, zischt Jessica. Ihre Aufmerksamkeit gilt jetzt wieder ganz dem Mann auf der Bühne.

„Es war eine äußerst knappe Angelegenheit“, fährt Herr Lubitz fort. „Eigentlich hätten alle drei Gruppen einen Preis verdient, so nahe liegen die Ergebnisse beeinander. Der Abstand der besten Gruppe zu den anderen Gruppen beträgt nämlich nur fünf bzw. sieben Punkte!

So, nun will ich euch aber nicht länger auf die Folter spannen. Erster Sieger in der Mannschaftswertung ist mit 414 Punkten …“ Er macht eine lange Pause und lässt seinen Blick durch den Saal wandern. Es ist so still, dass man draußen die Pferde mit den Hufen scharren hört. „ … die Mannschaft mit dem Namen ‚Die letzten Mohikaner‘ vom Ponyhof Wiesental!“

Der Jubel, der nun unter den Mädchen vom Ponyhof ausbricht, ist unbeschreiblich. Herr Lubitz muss schreien, um sich Gehör zu verschaffen. „Ich bitte nun alle Mädchen vom Ponyhof Wiesental und Michael Winterhalter zu mir auf die Bühne.“

Während sich alle auf der Bühne versammeln, öffnet Ute die Kiste. Alex, die am nächsten an der Kiste steht, schaut neugierig hinein.

„Pokale, Pokale!“, jubelt sie und hüpft vor Freude in die Höhe. Dass sie eigentlich einen verstauchten Fuß hat, hat sie in diesem Moment völlig vergessen.

Ute und Herr Lubitz gratulieren Michael und den Mädchen mit einem Händedruck und überreichen ihnen mit feierlicher Miene die Pokale.

Als die vier Freundinnen wieder auf ihren Plätzen sitzen, streicht Alex mit dem Finger über das kühle Metall ihres Pokals und sagt: „Ist der nicht wunderschön? Silber und himmelblau, mit einem galoppierenden Pferd auf dem Deckel. Der bekommt einen Ehrenplatz über meinem Bett.“ Plötzlich beginnt sie zu schnuppern. „Ich glaube, gleich gibt es was zu futtern. Wird auch Zeit, ich bin kurz vor dem Verhungern.“

In diesem Moment kündigt Herr Lubitz das Abendessen an. Es gibt Spaghetti mit Tomatensoße, Würstchen mit Brot und Pommes mit Ketchup.

Der Heimritt

Als Herr Lubitz nach dem Essen alle verabschiedet, ist es draußen schon ganz dunkel. Michael trommelt die elf Mädchen vom Ponyhof zusammen, um den Heimritt anzutreten. Sie bringen ihre Rucksäcke mit den Pokalen und Preisen zu Utes Auto, dann satteln sie ihre Ponys. Fast allen schmerzt der Po, weshalb sie sich so vorsichtig wie möglich in die Sättel gleiten lassen. Zuerst reiten sie zu zweit oder gar zu dritt nebeneinander hinter Michael her durchs Dorf. Sie unterhalten sich lebhaft und tauschen untereinander ihre Erlebnisse und Erfahrungen aus. Alex hat mal wieder die wildeste Geschichte von allen auf Lager. Immer wieder muss sie erzählen, wie sie von einer betrunkenen Horde bösartiger Verbrecher angefallen wurde und sie Dank ihrer gekonnt platzierten Kung Fu-Tritte vernichtend geschlagen hat, trotz ihres verstauchten Fußes und obwohl ihre Freundinnen Hals über Kopf geflohen waren.

Nach und nach wird es ruhiger. Die Mädchen werden müde und beginnen zu frieren. Es ist inzwischen wieder genauso kalt und neblig wie am Morgen, doch wegen der Dunkelheit ist es nicht möglich, schneller als Schritt zu reiten.

Endlich entdeckt Jessica in einiger Entfernung ein hell erleuchtetes Fenster. Und dann tauchen aus dem Nebel die grauen Umrisse des Ponyhofs auf. Gleich sind sie da!

Jessica gleitet müde aus dem Sattel. So gerne sie auch reitet, aber für heute hat sie genug. Sie freut sich auf eine heiße Dusche, obwohl sie natürlich erst noch Amica versorgen muss.

Amica hat es eilig, in den Stall zu kommen. Nach dem Absatteln, Bürsten und Hufeauskratzen, das die Mädchen im Stallgang erledigen, drängt die Stute so gegen die Boxentür, dass Jessica kaum an den Riegel kommt.

„He, leg mal kurz den Rückwärtsgang ein, Amica", sagt Jessica lachend. Sie stemmt sich mit aller Kraft gegen den Körper der Stute und drängt sie ein Stück zurück. Dann öffnet sie die Tür und lässt Amica in die Box.

Sofort beginnt das Pony Wasser zu lassen. Der dicke, gelbe, nicht enden wollende Strahl versickert im Stroh. Jessica seufzt. Muss sie jetzt etwa auch noch ausmisten?

Aus den Augenwinkeln heraus sieht sie Fritz näherkommen. Er bleibt neben ihr stehen und sagt: „Habe gehört, dass du und deine Freundin den vierten Platz belegt habt. Gratuliere!"

Als er sieht, wie Jessica Amica anstarrt, schmunzelt Fritz. „Die meisten Pferde pinkeln am liebsten im Stall", erklärt er. „Sie können während des Urinierens nämlich nicht laufen. Deshalb tun sie es nur dort, wo sie sich vor wilden Tieren sicher fühlen. Ein uralter Instinkt, verstehst du?"

Jessica nickt, die Augen immer noch auf Amica gerichtet, die nun zum Wasserspender geht und zu saufen beginnt. Sie deutet auf das nasse Stroh und fragt zaghaft: „Muss ich das jetzt noch wegmachen?"

„Nein, nein", beruhigt sie Fritz. „Das ist nicht nötig. Aber füttern könntest du dein Pony noch. Draußen steht die Schubkarre mit den Futtereimern."

Jessica ist erleichtert. Füttern macht ihr bedeutend mehr Spaß als ausmisten. Vor dem Stall sucht sie auf der Schubkarre Amicas Eimer heraus. Die Ponys brauchen nämlich unterschiedlich große Futtermengen, um satt, aber nicht dick zu werden. Amicas Eimer ist halb voll mit Getreide, Brot und geschnippelten Rüben.

Als die Ponys den Futtereimer in Jessicas Armen bemerken, werden sie unruhig. Überall klopft und schnaubt und rumort es. Auch Amica wartet schon ungeduldig an der Boxentür. Kaum hat Jessica die Tür geöffnet, versucht die Stute die Nase in den Eimer zu stecken. Jessica drückt den Kopf der Stute energisch zur Seite, dann kippt sie den Inhalt des Eimers in die Krippe. Gierig macht sich Amica über das Futter her. Jessica lobt und liebkost die Stute zum Abschied noch einmal, aber die Stute interessiert sich nur noch für ihre Mahlzeit.

Nachdem alle vier Mädchen heiß geduscht, ihre Haare gefönt und sich etwas Bequemes angezogen haben, holen sie ihre Pokale aus den Rucksäcken und stellen sie nebeneinander aufs Fensterbrett.

„Ich könnte mich immer noch in den Hintern beißen, weil ich so blöd war, Sofie die Blüte zu geben", sagt Alex und setzt sich auf ihr Bett. Sie zieht die Knie an die Brust und massiert ihren verstauchten Knöchel, der wieder stärker angeschwollen ist. „Während des ganzen Heimritts habe ich mich darüber geärgert. Und unter der Dusche auch noch." Sie deutet zu Jessica hinüber, die sich im Schneidersitz auf ihr Bett gehockt hat und gerade etwas in ihr neues Tagebuch schreiben will. „Conny und du, ihr hättet dann nämlich den dritten Platz belegt, und Sofie wäre höchstens vierte geworden."

Jessica verdreht die Augen. „Jetzt hör aber mal auf!

Dann hätte ich den hässlichen Pokal bekommen und Sofie die tollen Sporen. Und außerdem …", sie macht eine kurze Pause, um ihren Worten mehr Nachdruck zu verleihen, „… hätten wir in der Mannschaftswertung zwanzig Punkte weniger gehabt. Du weißt, was das bedeutet, oder? Wir ‚Letzten Mohikaner' vom Ponyhof Wiesental hätten den Mannschaftspreis nicht gewonnen."

Alex schlägt sich mit der flachen Hand gegen die Stirn. „Stimmt ja! Dass ich daran nicht gedacht habe. Mensch, bin ich vielleicht doof!"

Conny, die gerade am Waschbecken steht und sich die Zähne putzt, sieht auf und grinst. „Das brauchst du uns nicht zu sagen", nuschelt sie, wobei ihr Zahnpastaschaum vom Kinn tropft, „das wissen wir auch so."

„Und zwar schon lange", fügt Jessica kichernd hinzu.

Maike beginnt so herzhaft zu lachen, dass sie einen Schluckauf bekommt.

„Ihr seid alle so gemein", sagt Alex. „Mit euch reite ich nie wieder in einem Team. Ich werde mal Sofie fragen. Wir zwei wären bestimmt unschlagbar."

Jessica lacht aus vollem Hals. Wie lustig Alex doch ist!

Sie beendet den Eintrag in ihr Tagebuch und lässt sich müde in die Kissen fallen. Es war ein anstrengender Tag. Es war ein aufregender Ritt. Es waren tolle Ferien. Obwohl noch ein paar Tage auf dem Ponyhof vor ihr liegen, freut sie sich jetzt schon auf eine Wiederkehr in den nächsten Ferien.